小前亮

# 西郷隆盛

上

## 維新への道

小峰書店

# 維新への道

目次

装画／遠田志帆
装幀／城所潤・大谷浩介（JUN KIDOKORO DESIGN）

# 若《わか》き日

## 一章

# 1

薄青《うすあお》い空を背景《はいけい》に、雄大《ゆうだい》な桜島《さくらじま》がそびえたっている。黒く無骨《ぶこつ》な岩肌《いわはだ》は、薩摩隼人《さつまはやと》と呼《よ》ばれる男たちのくじけぬ心をあらわしているようである。

「キェーイ！」

少年たちのするどい気合いの声がひびく。体に比《くら》べて大きすぎる木刀を上段《じょうだん》にかまえ、束ねた枝《えだ》に向かって振《ふ》りおろす。薩摩国《さつまのくに》（今の鹿児島県《かごしまけん》西部）で盛《さか》んな薬丸自顕流《やくまるじげんりゅう》は、一《いち》撃《げき》必殺の流派《りゅうは》だ。最初の太刀《たち》をかわされたら次はない、という気持ちで打ちこむ。かわいた音が鳴り、木片《もくへん》が飛びちる。少年たちの汗《あせ》が、陽光を浴びてきらめく。日焼けした顔に浮《う》かぶ真剣《しんけん》な表情《ひょうじょう》に、ときおり笑みがまじる。

剣術《けんじゅつ》の稽古《けいこ》が終わると、取っ組み合いがはじまった。年齢《ねんれい》や体格《たいかく》の近い者がふたり組になって、つかみ合い、投げを打ち合う。もつれて転がり、泥《どろ》だらけになっても、少年たちはひるまない。雄叫《おたけ》びとともに、何度もぶつかり合う。

さらに、走ったり泳いだりといった訓練が、一日の大半を使っておこなわれる。朝と夕はいろは歌をおぼえたり、読み書きを習ったりと、勉学にはげむ時間だ。

薩摩藩《さつまはん》の武士《ぶし》の子供《こども》たちは、郷中教育《ごじゅうきょういく》という独特《どくとく》の制度《せいど》のもとで武道や学問を学び、体と心をきたえている。郷中教育は地域《ちいき》での教育だ。町を郷中と呼《よ》ばれる地区に分け、その地区の子供たちを年齢《ねんれい》によって組織《そしき》する。子供たちは決まった先生につくのではなく、年長の先輩《せんぱい》たちから様々なことを教えてもらう。

そうした郷中のひとつ、下加治屋町の子供たちのなかに、ひときわ目立つ者がいた。背《せ》が高くて骨太《ほねぶと》の体格《たいかく》と、太い眉《まゆ》に大きな目が特徴的《とくちょうてき》な少年だ。彼《かれ》のまわりには、つねにほかの子供たちが集まっている。

その名を、西郷小吉《さいごうこきち》という。これが、のちの西郷隆盛《たかもり》だ。

西郷が九歳《さい》のときである。隣町《となりまち》のいじめっ子が下加治屋町の子供を泣かしたことがあった。相手の体が大きかったので、まわりの子たちがこわがっているなか、西郷は自然な動作で向かっていった。

「やめろよ。この子にあやまれ」

相手の子は西郷《さいごう》より二つか三つは年上のようだった。西郷をにらみつけてすごむ。

「おまえも痛《いた》い目にあいたいか」

西郷は無言でさらに進み出た。いじめっ子も前に出て、ふたりは手のとどく距離《きょり》でにらみ合った。年の差があるので、体は西郷がひとまわり小さい。

「兄さんたちを呼《よ》んでこようよ」

後ろでささやく声に、必要ないと手をふって、西郷は相手に組みついた。両腕《りょううで》を背中《せなか》にまわして動きをとめ、体をひねる。

いじめっ子はものの見事に投げ飛ばされた。土の上に転がり、ひざをさすりながら、目に涙《なみだ》を浮《う》かべている。

「さあ、あやまれ」

西郷が近づくと、いじめっ子はちらっと目を向けて、ごにょごにょとあやまった。

そういうことがよくあったので、年少の子供《こども》たちはみんな西郷を頼《たよ》りにしている。年長の子供たちも一目おいていた。

また、西郷《さいごう》には頑固《がんこ》で意志《いし》の強い面もある。自分が正しいと信じたことは、最後までつらぬくのだ。

幼《おさな》い弟が盗《ぬす》み食いのうたがいをかけられたときは、無実を主張《しゅちょう》して一歩も引かなかった。刀に手をかけて、大人たちを涙目《なみだめ》でにらみつけ、弟をかばいつづけたのである。周囲はそんな西郷を見て、あきれると同時に、頼《たの》もしく思った。結局、盗み食いをしたのは近所の野良犬で、弟のうたがいは無事に晴れた。

郷中《ごじゅう》教育では、子供《こども》同士の議論《ぎろん》も盛《さか》んにおこなわれている。武士《ぶし》はどう生きるべきか、恩人《おんじん》に悪事をそそのかされたらどうするか、主君の命令にそむいて親の命を助けてもよいか、そういった答えの出にくい問題を子供たちで話し合う。

議論の中心にはいつも西郷がいた。

声が大きいわけでも、頭の回転が速いわけでもない。強引《ごういん》に自分の意見を押《お》しつけることもしない。だが、西郷が何か言わないと議論の方向性《ほうこうせい》が定まらないのだ。

「おれはよくわからん」でも「おぬしはどう思う?」でもかまわない。西郷が口火を切ると、みながほっとして話しはじめる。西郷はうなずきながら、よく話を聞いている。意見も言うが、反対する意見も必ずほめる。

「おもしろい考えだなあ。おれにはとても思いつかん。だけど、こういう場合はどうかな。たとえば……」

「なるほど。よう考えたなあ。その意見をもとにもっと考えてみよう」

そういう言い方をするから、だれもが気持ちよく話し合いに参加できる。そして、西郷《さいごう》は最後にはうまく議論《ぎろん》をまとめていく。

生まれながらにして、人の上に立つ素質《そしつ》があるようだった。しかし、江戸《えど》時代は身分制《せい》度《ど》がしっかりしていて、なかなか壁《かべ》を破《やぶ》れない。いくら才能《さいのう》があっても、世に出ることなく終わる例が多かった。


西郷小吉《こきち》が生まれたのは、文政《ぶんせい》十年十二月七日（西暦《せいれき》一八二八年一月二三日）であった。西郷家は薩摩藩《さつまはん》の下級武士《ぶし》の家柄《いえがら》で、小吉は長男だった。兄弟や親戚《しんせき》が多く、収入《しゅうにゅう》は少ないため、生活は苦しかったが、やがては後継《あとつ》ぎとなる身として、小吉は期待を背負《せお》って育っている。

そのころは、江戸幕府《えどばくふ》が成立してから二百年以上がたっており、巨岩《きょがん》のようにゆるぎなかった体制《たいせい》にも、ひびが入りはじめていた。

国内では、農民たちの暮《く》らしが行きづまり、藩《はん》の多くも借金をかかえて財政《ざいせい》がかたむいていた。国外からは、近代化をなしとげたヨーロッパ諸国《しょこく》が、交易品《こうえきひん》と領土《りょうど》をもとめて船を送りこんできている。しかし、幕府は公式の貿易《ぼうえき》以外は許《ゆる》していないため、外国船を見たら攻撃《こうげき》して追いはらうよう定めていた。世界の情勢《じょうせい》を学んで外国の実力をよく知る者たちは、不安をつのらせている。

薩摩藩《さつまはん》も財政は苦しい。薩摩藩を治める島津《しまづ》家は鎌倉《かまくら》時代にさかのぼる名門だが、江戸時代を通じて扱《あつか》いが悪かった。天下分け目の関ヶ原《せきがはら》の戦いで西軍につき、徳川《とくがわ》家の敵《てき》となっていたからである。関ヶ原の前後に徳川の家臣となった大名を外様《とざま》大名というが、そのなかでも、島津家は幕府への忠誠《ちゅうせい》をうたがわれていた。

もともと、薩摩国は桜島《さくらじま》の火山灰《かざんばい》が降《ふ》りつもったシラス台地が多く、米づくりに向いていない。サツマイモを育てるようになって、開発は進んだが、大地のめぐみは豊《ゆた》かではなかった。

それにくわえて、薩摩《さつま》から江戸《えど》までの参勤《さんきん》交代の負担《ふたん》がある。江戸時代の大名は一年ごとに、江戸と自分の国とを往復《おうふく》するのだが、薩摩藩《はん》は日本で一番江戸から遠い。片道《かたみち》一カ月半はかかる道のりであり、多くの資金《しきん》が必要だった。さらに、幕府《ばくふ》は薩摩藩を弱らせるため、土木工事をたびたび命じた。

そうしたことがつみかさなって、藩の借金はとても返せない額《がく》までふくれあがっていた。

「これを放置しておくわけにはいかない」

無駄《むだ》づかいをつづけていた藩主も決意し、薩摩藩は財政改革《ざいせいかいかく》に乗り出した。先頭に立ったのは家老の調所広郷《ずしょひろさと》という男だった。調所は商人と交渉《こうしょう》して借金を減《へ》らしたり、幕府に隠《かく》れて貿易《ぼうえき》をおこなったりして、改革をなしとげた。

その結果、薩摩藩は来たるべき戦いにおける軍資金《ぐんしきん》を用意できたのであった。

天保《てんぽう》十年（西暦《せいれき》一八三九年）のある日――。

十一歳《さい》の西郷《さいごう》は、大人と見まちがえるほどの立派《りっぱ》な体格《たいかく》に成長していた。まだ筋肉《きんにく》はつききっていないが、肩《かた》はばが広いので、刀をかまえると様になる。腕前《うでまえ》のほうも、下加治屋町の近い年代では敵《てき》がおらず、大人と稽古《けいこ》をつんでいる。いずれは藩《はん》でも有数の使い手になるだろうと思われていた。

三歳《さい》年下の少年が、西郷《さいごう》といっしょに歩いている。名を大久保正助《おおくぼしょうすけ》といって、これがのちの大久保利通《としみち》だ。ひょろりと背《せ》が高く、するどい眼光《がんこう》に特徴《とくちょう》がある。この少年もまた、年齢《ねんれい》に似合《にあ》わぬ風格《ふうかく》をそなえた秀才《しゅうさい》として名高かった。

ふたりは家が近い幼《おさな》なじみであるうえ、よく気が合ったので、ともに行動することが多かった。上下関係に厳《きび》しい郷中《ごじゅう》の決まりでは、年少の者は年長の者に礼をつくさなければならない。ところが、大久保は西郷に対して、同年代が相手のような言葉づかいをしていた。西郷をばかにしているのではなくて、親しいからこそである。大久保は他の者には、礼儀《れいぎ》をきちんと守っていた。

西郷のほうは年下の大久保にあれこれ教えるというより、静かに見守っている雰囲気《ふんいき》である。大久保は頭がよくて弁《べん》も立つので、議論《ぎろん》に強い。ただ、勝ちたいと思うあまりに言いすぎることがあって、そういうときは西郷がそれとなくたしなめている。

この日は、藩の学校である造士館《ぞうしかん》にふたりで行った。その帰り道、前方に人だかりがしているのに、大久保《おおくぼ》が気づいた。

「あれは何だろうか」

西郷《さいごう》は大きい目をいっぱいに開いて、さわぎの中心を見つめた。三、四人ずつの少年の集団《しゅうだん》がにらみ合っている。

「けんかかな」

ふたりは顔を見合わせた。血の気の多い少年が集まっているので、郷中《ごじゅう》同士のけんかはめずらしくない。大人たちに知られたら、双方《そうほう》とも罰《ばつ》を受ける。遠目には知った顔はないが、見て見ぬふりはできない。

ふたりはどちらからともなく、駆《か》け出した。切れかかったぞうりで砂《すな》を飛ばしながら走っていく。

「双方とも引け。けんかはやめるのだ」

先に着いた大久保が叫《さけ》んだ。

だが、集まっていた少年たちは、十三、四歳《さい》くらいで、ふたりよりも年長である。じろりと大久保をにらんだだけで、その後は無視《むし》して言い合いをつづけた。道をゆずらなかったのがどうこうとか、くだらない理由で争っているようだ。

大久保《おおくぼ》はひるまずにつづけた。

「どこの郷中《ごじゅう》でも、刀を抜《ぬ》いてのけんかは禁《きん》じられているはずだぞ」

刀に手をかけていた何人かが、はっとして手をはなした。しかし、痛《いた》いところをつかれた怒《いか》りが、大久保に向かった。

「じゃまをするな。引っこんでろ」

「まあ、そう乱暴《らんぼう》に言うものではありませんよ」

西郷《さいごう》がのんびりした調子で割《わ》って入った。

「何だ、おまえは？」

ふりかえった少年がはっと気づいた。

「その眉毛《まゆげ》、もしかして西郷か？」

いかにも、と西郷がうなずいた。その名前は鹿児島《かごしま》の町中に知れわたっているのだ。少年たちはざっと引いて互《たが》いに距離《きょり》をとった。西郷の顔を立てて、なぐりあいになる前にほこをおさめよう。にらみ合うふたつの集団《しゅうだん》の考えが、ひとつになったかに思えた。

しかし、ひとりの少年が大声をあげた。

「おれは西郷《さいごう》なんか、みとめんぞ！」

少年はさやにおさめたままの刀を振《ふ》りあげた。

「まだ元服もしてない小僧《こぞう》が、生意気を言うな」

叫《さけ》んだ少年もまげを結《ゆ》わない子供《こども》の髪型《かみがた》であり、元服はしていないものと思われた。大久保《おおくぼ》がそれを指摘《してき》すると、少年は逆上《ぎゃくじょう》した。めちゃくちゃに刀を振りまわしてわめく。

「おい、やめろ」

まわりの仲間たちが止めようとするが、少年は止まらない。このままでは、だれかがけがをしてしまいそうだ。幸い、少年の剣術《けんじゅつ》は未熟《みじゅく》で、動きには無駄《むだ》が多い。西郷は刀を受けとめて奪《うば》いとろうと考え、少年の正面に立ちはだかった。

そのときである。

振りまわした拍子《ひょうし》に、さやがすっぽりと抜《ぬ》け落ちて、刀身があらわになった。

「あぶない！」

悲鳴があがった。受けとめようとしたら、斬《き》られてしまう。西郷はさっと身をひるがえしてよけたが、一瞬《いっしゅん》遅《おそ》かった。

赤い血の花がぱっと咲《さ》いて、ぱっと散った。

「うわあああ」

甲高《かんだか》い悲鳴をあげたのは、斬《き》られた西郷《さいごう》ではなく、斬った少年のほうである。取り落とした刀をあわてて拾うと、脇目《わきめ》もふらずに逃《に》げていった。ほかの少年たちも四方に逃げ去ってしまう。

残ったのは、西郷と大久保《おおくぼ》だけである。

「大丈夫《だいじょうぶ》か」

「かすり傷《きず》だ」

西郷は強がったが、右ひじがすっぱりと切れていて、傷は浅くない。大久保は自分の着物を切りさいて、西郷の傷をしばった。それで血は止まったが、西郷の右腕《みぎうで》はだらりとたれさがったままだ。

「傷はお医者様にみてもらおう。まず、大人を呼《よ》んでくる」

立ち上がった大久保を西郷が引き止めた。

「大事にしてくれるな。相手に悪気があったわけじゃない」

「いや、しかし……」

大久保《おおくぼ》はしぶったが、西郷《さいごう》は頑固《がんこ》だった。武家《ぶけ》社会は厳《きび》しいから、事件《じけん》が表ざたになると、多くの者が責任《せきにん》を問われる。傷《きず》つけた少年の将来《しょうらい》もどうなることか。刀が抜《ぬ》けたのは事故《じこ》なのだから、許《ゆる》してやろう。それが西郷の思いだった。

「おぬしがそう言うなら、仕方ない。だまっておこう」

「ありがとう」

「礼を言うようなことじゃないだろう」

西郷は断《き》られたことを秘密《ひみつ》にして、傷の治療《ちりょう》をしてもらった。傷はまもなくふさがったが、神経《しんけい》か腱《けん》を切ったようで、右腕《みぎうで》がうまく動かせなくなってしまった。もう、以前のように刀を振《ふ》るうことはできない。仲間たちは気の毒がったが、西郷はひょうひょうとしていた。

「大して気にすることではない。腕が使えなければ、頭を使えばよいのだ」

それから、西郷はよりいっそう読書と学問にはげむようになったのである。

## 2

西郷《さいごう》家は、両親と小吉《こきち》を長子とする七人の子供《こども》たちのほかに、多くの親戚《しんせき》も同居《どうきょ》する大家族である。父は藩《はん》の役人をしているが、下っぱなので収入《しゅうにゅう》は多くない。生活は楽ではなかった。

子供たちは部屋の真ん中に布団《ふとん》を一枚《まい》しき、四方から足を突《つ》っこんで寝《ね》ていた。そうすれば暖《あたた》かいし、布団の数も少なくてすむ。

食事も貧《まず》しかった。麦がまじったにぎり飯かサツマイモで、おかずなどはほとんどない。あっても野菜の切れはしが入ったみそ汁《しる》やかぶの漬《つ》け物で、魚の干物《ひもの》がつくのは特別な日だけだった。それでも、西郷家の子供たちは明るく、屋敷《やしき》には笑いがたえない。長男の小吉がどっしりとかまえているので、小さい弟妹《ていまい》も安心して遊んでいる。

天保《てんぽう》十二年（西暦《せいれき》一八四一年）、小吉は元服を果たした。これ以後、西郷吉之介《きちのすけ》と名乗ることになる。その三年後、十六歳《さい》のときに、西郷《さいごう》は郡方書役助《こおりかたかきやくたすけ》という藩《はん》の役職《やくしょく》についた。郡奉行《ぶぎょう》の迫田利済《さこたとしなり》の配下について、年貢《ねんぐ》の記録などの事務《じむ》仕事をする。

江戸《えど》時代の武士《ぶし》は、幕府《ばくふ》や藩に仕えて、役人のような仕事をしていた。たいていは親の仕事を引き継《つ》ぐのだが、とくに武士が多い薩摩《さつま》藩では、若《わか》いころから見習いのような役目につけられる。給金は安いが、少しは生活の助けになるし、そこで能力《のうりょく》を発揮《はっき》すれば、出世の道もひらけた。

上役の迫田は小柄《こがら》でやせているが、思慮深《しりょぶか》そうな瞳《ひとみ》の持ち主だった。年齢《ねんれい》は西郷の父よりかなり上であろう。しわが深く、髪《かみ》に白いものがまじっている。西郷が最初にあいさつに行ったとき、迫田はいきなりたずねてきた。

「そなたは貧乏《びんぼう》か？」

とまどいながら、西郷はうなずいた。まわりの下級武士も同じような暮《く》らしをしているのだが、貧乏なのはまちがいない。

「そうか。だが、武士の貧乏はたかが知れている。やがて、そなたもそれを実感することになるだろう」

武士《ぶし》と比《くら》べるなら、農民だろうか。農民の生活が苦しいことは、西郷《さいごう》も知っていた。薩《さつ》摩藩《まはん》ではとくに苦しいかもしれない。郡奉行《こおりぶぎょう》は年貢《ねんぐ》を取り立てるのが仕事だ。西郷もそれを手伝わなければならない。迫田《さこた》はくわしく説明しようとはしなかった。耳で聞くより目で見ろ、ということなのだろう。

機会はまもなくやってきた。迫田が西郷を連れてある村を訪《おとず》れると、村の代表が地べたにはいつくばって出迎《でむか》えた。

「お奉行様、申し訳《わけ》ございませぬ」

「どうした？　私《わたし》にかた苦しい礼儀《れいぎ》は必要ないと言うたであろう」

迫田の口調は西郷に対するよりもはるかにやさしい。

「年貢が用意できないのです。このままでは、来年の種もみがなくなってしまいます。どうかお許《ゆる》しを……」

迫田の顔色がくもった。

「やはりな……」

話を聞きながら辺りを見回して、西郷は強い衝撃《しょうげき》を受けていた。村人はやせほそった体にぼろ布《ぬの》をまとって、かたむいて崩《くず》れそうな小屋の前にすわりこんでいる。大人も子供《こども》も、目がうつろであった。まったく生気がない。とくに子供が笑い声もあげないのが、西郷《さいごう》には信じられなかった。

「何とかしてやりたいが、約束はできん」

迫田《さこた》は生真面目《きまじめ》に言った。

「とにかく全力をつくして、上にお願いしてみよう」

迫田が帰ろうとしても、西郷は立ちつくしたまま動かなかった。

「ほう、うわさどおりの男だな。この者は将来《しょうらい》、薩摩藩《さつまはん》を背負《せお》って立つかもしれぬ」

そうつぶやいて、迫田は西郷に声をかけた。

「わかってくれたようだな」

「はい。これほどとは思っておりませんでした」

西郷は迫田のあとにつづいて歩き出した。秋の空はどこまでも青く、さわやかな陽気であったが、足どりは重い。

迫田はまるで大地に言い聞かせるかのように、低い声で話した。

「家老の調所様《ずしょ》は、藩《はん》の借金を返そうと必死に働いておられる。幸いにして、成果はあがっていると聞く。しかし、どうも足もとがおろそかになっているのではないか。年貢《ねんぐ》を下げてくれといくら頼《たの》んでも聞いてくれぬのだ。逆《ぎゃく》に、上げようとしているらしい」

迫田《さこた》はいったん口を閉《と》ざし、間をおいてから、また開いた。

「虫よ虫よ、五節草《いつふしくさ》の根を絶《た》つな、絶たば己《おのれ》も共に枯《か》れなん」

虫は武士《ぶし》をあらわし、五節草は稲《いね》、つまり農民をあらわす。虫が稲を食べつくせば、餌《えさ》がなくなって自分たちも死にたえてしまうように、武士が農民を痛《いた》めつけて飢《う》え死にさせてしまえば、武士も生きられなくなる。年貢を安くして農村を守ることが、国を守ることになるのだ。

その歌は、西郷《さいごう》の心に深くきざまれた。目先のことばかり考えてはならぬ。大局を見て、なおかつ足もとにも目を配らなければならない。

迫田は年貢を下げるよう、藩にもとめた。これは非常《ひじょう》に勇気ある行動だった。郡奉行《こおりぶぎょう》の仕事は年貢を確実《かくじつ》に集めることである。ほかの郡奉行は無理にでも集めてきているのだから、仕事のできない言い訳《わけ》と受けとられかねない。

実際《じっさい》に迫田《さこた》への風当たりは強かった。仲間たちからは、無能者《むのうもの》と陰口《かげぐち》をたたかれ、上からは真面目《まじめ》に仕事をしろと怒《おこ》られた。それでも、迫田は藩《はん》への意見書を送りつづけた。だが、意見がとりあげられることはなかった。

「年貢《ねんぐ》を下げることなど許《ゆる》されない。あらゆる手段《しゅだん》を用いて、決められた量を取り立てるように」

藩からの返事を読んで、迫田は天をあおいだ。

「西郷《さいごう》よ、私《わたし》はもう耐《た》えられそうにない。これ以上、彼《かれ》らを苦しめることはできん」

返書を丸めて投げ捨《す》てると、迫田は筆をとった。郡奉行《こおりぶぎょう》をやめる決意をかためたのだ。

「お待ちください。今、迫田様がおやめになったら、農民を守る者がいなくなってしまいます」

引き止める西郷に、迫田は力のない笑みを向けた。

「私は守れなかったんだよ」

西郷ははっとして、尊敬《そんけい》すべき人生の先輩《せんぱい》を見やった。

「このままでは、薩摩《さつま》藩の、いや日本の未来はない。だが、今から改善《かいぜん》することはできるはずだ。そなたたち若《わか》い者がいかに考え、いかに行動するか、私《わたし》は遠くから見守ることにしよう」

強い意志《いし》を秘《ひ》めていた迫田《さこた》の瞳《ひとみ》には、今やあきらめの色があった。しかし、まだあきらめきっていない。希望は残されている。そのように、西郷《さいごう》は見てとった。

「迫田様がやめるなら、私もやめます」

西郷はのどまで出かかった言葉を飲みこんだ。自分にはまだこれから、できることがあるはずだ、と思った。

西郷の考えを読んだように、迫田はうなずいた。

「そうだ。そなたには力がある。世の中を変えるほどのな。よい方向に変えてくれよ」

「期待に応《こた》えられるよう、はげみます」

結局、迫田は郡奉行《こおりぶぎょう》をやめ、西郷は残った。一番の下っぱである西郷に、年貢《ねんぐ》を下げたり免除《めんじょ》したりする力はない。だが、農民のためにできることはある。西郷は川に新しい橋をかけたり、水路をつくったりする仕事に精《せい》を出した。同時に、藩《はん》の農業政策《せいさく》についても、考えをめぐらせるようになった。

# 3

さて、若《わか》い西郷《さいごう》が下級の役人として奮闘《ふんとう》しているころ、薩摩藩《さつまはん》はお家騒動《そうどう》の最中にあった。お家騒動とはすなわち、だれが藩主の地位を継《つ》ぐかという争いである。

薩摩藩の十代目藩主を島津斉興《しまづなりおき》という。家老の調所広郷《ずしょひろさと》に政治《せいじ》を任《まか》せて、藩の財政《ざいせい》を立て直した殿様《とのさま》だが、質素倹約《しっそけんやく》を旨《むね》とする……つまりけちであった。

一方、斉興の息子《むすこ》で次の藩主に決まっていた斉彬《なりあきら》は、西洋の文明や科学に強い興味《きょうみ》をいだいており、聡明《そうめい》であったが、派手《はで》好きでもあった。

斉興はよくぐちをもらしていた。

「斉彬が藩主になったら、どれだけ無駄《むだ》使いするか知れたものではない。藩は借金まみれに逆戻《ぎゃくもど》りだ。あれはじいさんにかわいがられていたからなあ」

じいさんとは、長く藩の権力《けんりょく》をにぎっていた八代目の藩主、島津重豪《しげひで》のことである。有名な西洋かぶれであり、学問が好きで、技術《ぎじゅつ》の導入《どうにゅう》や教育に大変なお金を使った。重豪《しげひで》のおかげで薩摩藩《さつまはん》は発展《はってん》したが、かわりに大きな借金を背負《せお》うことになったのだ。

重豪は人並《ひとな》み外れて丈夫《じょうぶ》な体をもっており、長生きだった。孫の斉興《なりおき》からしてみれば、口うるさい祖父《そふ》がいつまでも現役《げんえき》でいばっているので、なかなか自分の思うようにできない。おまけに息子《むすこ》の斉彬《なりあきら》は曾祖父《そうそふ》にべったりだ。

「この子はかしこい。将来《しょうらい》は日本のみならず、世界に名をとどろかせるにちがいない」

重豪はそう言って斉彬をほめていたが、斉興はおもしろくなかった。世界にとどろくのは借金の額《がく》ではないかと思っていた。重豪が九十年近く生きて大往生《だいおうじょう》をとげたあとも、気持ちは変わらず、息子とのみぞは深まるばかりであった。

「オランダ語なんぞ、学ぶ必要はない。西洋の学問なんか、ただの金食い虫だ。薩摩隼人《さつまはやと》は剣術《けんじゅつ》を学んでおればよいのだ。あの者にそれがわかるまで、わしは隠居《いんきょ》などせぬぞ」

この時代、後継《あとつ》ぎが元服すれば、藩主の地位をゆずって隠居するのが習慣《しゅうかん》だったが、斉興はがんとして藩主の地位にとどまりつづけた。

ようするに、斉興は大嫌《だいきら》いな祖父がかわいがっていた斉彬に藩主の地位をゆずりたくないのだ。しかし、斉彬《なりあきら》は幕府《ばくふ》がみとめた後継《あとつ》ぎで、徳川《とくがわ》の一族から嫁《よめ》をもらっている。嫌《きら》いだからと、簡単《かんたん》に別の者を立てるというわけにはいかない。だから、斉興《なりおき》はただその日を引きのばして、状況《じょうきょう》が変わるのを待っていた。

そうこうしているうちに、斉彬は二十歳《はたち》になり、三十歳《さい》になった。薩摩藩《さつまはん》のなかでも、おかしいという声があがりはじめた。

「けちな藩主はもうたくさんだ。息がつまってかなわん」

正直な表現《ひょうげん》をする者もいれば、もってまわった言い方をする者もいる。

「斉興様のおかげで、財政《ざいせい》に余裕《よゆう》ができた。これは大きな功績《こうせき》だ。しかし、そろそろためた金をどう使うか、考えるべきではなかろうか」

別の角度から論《ろん》じる者もいた。

「近ごろ、沖合《おきあ》いに外国船の姿《すがた》を見ることが多い。貿易《ぼうえき》を要求する国もあるという。こうした時代には、斉彬様のように、外国の事情《じじょう》にくわしい藩主が必要だ」

このように斉彬への代替《だいが》わりをもとめるのは、中級以下の武士《ぶし》が多かった。彼《かれ》らは時代が変わりつつあることを感じ、時勢《じせい》に乗って一旗あげようと考えていた。そうした者には、やはり斉彬《なりあきら》が藩主《はんしゅ》にふさわしく思える。

しかし、家老の調所《ずしょ》をはじめとする重臣たちは、藩主の斉興《なりおき》を支持《しじ》していた。そこで、斉興の側室であるお由羅《ゆら》の方は、自分が生んだ息子《むすこ》を藩主に立てようと工作をはじめた。この息子を島津久光《しまづひさみつ》という。

薩摩《さつま》藩は斉彬派《は》と久光派のまっぷたつに割《わ》れた。

西郷《さいごう》家は大久保《おおくぼ》家と同様に、斉彬派に属《ぞく》していた。父が仕えている重臣の赤山靭負《ゆきえ》が斉彬派であったからだ。西郷自身も、斉彬の開明的な性格《せいかく》を好ましく思っていた。筋《すじ》から言っても、斉彬が早く藩主になるべきだろう。

もっとも、若《わか》くて地位の低い西郷が口出しできる問題ではない。藩の行く末を心配しつつも、自分の仕事をこなしていた。

先に動いたのは、斉彬派であった。

嘉永《かえい》元年（西暦《せいれき》一八四八年）、幕府《ばくふ》に密告《みっこく》があった。薩摩藩の家老が琉球《りゅうきゅう》（今の沖縄県《おきなわけん》）や中国の清朝《しんちょう》とこっそり貿易《ぼうえき》をしているという。琉球は薩摩藩が兵を出して勢力《せいりょく》下においた国であり、密貿易は二百年以上にわたっておこなわれていた。調所は商人たちをまきこんで規模《きぼ》を大きくし、藩《はん》の利益《りえき》を増《ふ》やしていた。財政改革《ざいせいかいかく》のひとつである。

幕府《ばくふ》に告げ口したのは斉彬派《なりあきらは》であったが、これは大きな賭《か》けであった。密貿易《みつぼうえき》がばれたら、最悪の場合、藩が取りつぶされてしまうし、そうでなくても、藩は収入《しゅうにゅう》のひとつの柱を失うことになる。

それでも、斉彬は命じた。

「かまわぬ。決行せよ」

斉彬は数え年で四十歳《さい》になっていた。このまま何もできずに年老いていくよりは、一か八かの勝負に出るべきだと考えた。幕府の重臣たちと親交があったため、幕府は味方についてくれるだろうという計算もあった。

幕府は当然ながら怒《おこ》った。勝手な貿易を許《ゆる》さないのが、三代将軍《しょうぐん》家光以来の、幕府の基本方針《きほんほうしん》である。

江戸《えど》にいた調所《ずしょ》はただちに幕府の取り調べを受けた。そして、ほどなくして、毒を飲んで自殺する。

知らせを受けた斉彬は一瞬《いっしゅん》、言葉を失い、やがてため息をついた。

「あの男は忠臣《ちゅうしん》であった。しかもとびきり有能《ゆうのう》な家臣であった。敵《てき》にまわして、これほどやっかいな男はいない」

調所《ずしょ》はみずからの死によって、密貿易《みつぼうえき》の問題をうやむやに終わらせ、藩主《はんしゅ》の斉興《なりおき》に罪《つみ》が及《およ》ぶことをさけたのであった。罪はみとめていないから、処分《しょぶん》はできない。当事者が死んでいるので追及《ついきゅう》もできない、というわけだ。

幕府《ばくふ》が安定している時期であれば、さらなる追及もあっただろうが、このころの幕府に、薩摩《さつま》のような大きな藩と事をかまえる余裕《よゆう》はない。斉興が罪に問われることはなく、斉《なり》彬《あきら》派の作戦は、調所を死に追いやっただけで終わった。

斉興をはじめとする久光《ひさみつ》派は怒《いか》りをたぎらせた。

「斉彬が告げ口したにちがいない。やはり、あのような卑怯者《ひきょうもの》に藩の政治《せいじ》を任《まか》せるわけにはいかぬ」

そういう声があがって、両派の対立は深まり、発火寸前《すんぜん》となった。

斉彬派は、久光を討《う》ってしまえ、いやお由《ゆ》羅《ら》の方が先だ、などと議論《ぎろん》をはじめ、久光派のほうでも先制攻撃《せんせいこうげき》を検討《けんとう》しはじめる。

ある日、大久保《おおくぼ》が西郷《さいごう》に心配そうに告げた。どこに久光派《ひさみつは》がいるかわからないので、人目を気にしながらの会話である。

「このままだと戦になるぞ。藩《はん》を守るため、斉興《なりおき》様にご決断《けつだん》いただきたいものだ」

西郷も小声で応《おう》じた。

「相手もそう思っているだろう。藩のために、斉彬《なりあきら》様こそ身を引くべきだ、と。難《むずか》しいな」

「おれに力があれば、両派を説得してやるのに」

大久保はこぶしをにぎりしめた。ふたりは最近、仲間といっしょに国内外の書物を読んで勉強している。同じ本を読んで、意見を戦わせるのだ。なので、大久保が優秀《ゆうしゅう》なことは西郷が一番よく知っていた。大久保が家老にでもなれば、このような問題はすぐ解決《かいけつ》できるだろう。

「いつか、そういう日が来るといいな」

西郷は東の空をあおぎ見た。桜島《さくらじま》を背景《はいけい》にのぼってくる朝日がまぶしい。未来はまだ、はっきりとした姿《すがた》を見せていなかった。

嘉永《かえい》二年十二月（西暦《せいれき》一八五〇年一月）、事態《じたい》は大きく動いた。斉彬派《なりあきらは》の主だった家臣たちが、突然捕《とつぜんと》らえられたのである。お由羅《ゆら》の方を殺そうと計画したからだという。

「やられた……」

斉彬は手にしていたキセルを取り落とした。

一歩、遅《おそ》かった。斉彬も強引《ごういん》に斉興《なりおき》を隠居《いんきょ》させようと作戦をねっていたのだ。ところが、お由羅の方や久光《ひさみつ》の襲撃《しゅうげき》を優先《ゆうせん》させるべきという意見があって、なかなかまとまらなかった。斉彬は藩主《はんしゅ》になったあとのことを考えて、手荒《てあら》なことをしたくなかったのだが、血気《けっき》盛《さか》んな者たちは、その態度《たいど》がここまで問題を長引かせたのだ、と主張《しゅちょう》して引かなかった。

その結果、久光派に先をこされてしまったのであった。

「かくなるうえは、城《しろ》に攻《せ》めこみましょうぞ」

進言した側近に、斉彬はくやしさと悲しさのまじった表情《ひょうじょう》を向けた。

「鹿児島《かごしま》を火の海にしずめよ、と言うのか。あの山がしたように。父に刃《やいば》を向けよ、と言うのか。戦国の世のように」

「し、失礼しました」

側近は恥《は》じいって、引き下がった。だが、本当に恥じいるべきは斉彬《なりあきら》自身であろう。捕《と》らえられた家臣たちは、切腹《せっぷく》を命じられるにちがいない。今まで支《ささ》えてきてくれた者を失うのは、自分の決断《けつだん》がおそかったからである。

「身軽な者は藩《はん》を脱出《だっしゅつ》せよ」

斉彬は命じた。一部の家臣を捕らえて終わりだとは思えない。斉彬本人には手を出せないため、家臣を引きはがして、動きを封《ふう》じようとするはずだ。したがって、今後、斉彬派《は》の中心人物は多くが処分《しょぶん》されると予想できる。家族のいる者は難《むずか》しいだろうが、そうでない者は逃《に》げてほしい。

いっぽうの久光《ひさみつ》派は、これで勝利だと大喜びである。藩主の斉興《なりおき》は、六人の重要人物を切腹させたほか、五十人近い斉彬派に島流しなどの重い罰《ばつ》を与《あた》えた。

「これで斉彬も終わりだ。ひとりでは何もできまい」

斉興は高々と笑った。

あとは斉彬がどう出るか。藩主になるのをあきらめて、自分から後継者《こうけいしゃ》の地位を返上するならよい。そうでなければ、座敷牢《ざしきろう》にでも閉《と》じこめて、病気になってもらうか。いずれにしても、ほとぼりが冷めたころに、久光《ひさみつ》に藩主《はんしゅ》の位をゆずるつもりだ。

もっとも、すべてが斉興《なりおき》の思いどおりにいったわけではない。

斉彬《なりあきら》の命令にしたがって、数人の側近がこっそりと藩を抜《ぬ》け出し、北へ走った。彼《かれ》らはまず福岡《ふくおか》藩に駆《か》けこんだ。

「そちらに罪人《ざいにん》が逃《に》げこんでいよう。引き渡《わた》してくれ」

斉興は要求したが、福岡藩は藩主が斉彬と仲がよかったため、これを突《つ》っぱねた。追っ手を振《ふ》り切った側近たちは江戸《えど》に向かい、形勢逆転《けいせいぎゃくてん》を狙《ねら》うことになる。

事件《じけん》の結果を知った西郷《さいごう》は、不安をつのらせていた。この困難《こんなん》な時代を乗り切るには、斉彬の知識《ちしき》と手腕《しゅわん》が必要だと思っていた。久光についてはよく知らないが、父によれば、短気で自分勝手な人物らしい。

「たとえ敵《てき》でなくても、久光様を高く評価《ひょうか》することはできん」

父は言った。そうなると、薩摩《さつま》藩の将来《しょうらい》が心配になってくる。だが、先に西郷家の将来を心配するべきであった。

「父上は処罰《しょばつ》されないのですか」

「わしみたいな小者は殿様《とのさま》の眼中《がんちゅう》にはないよ」

父はさびしげに笑ったあと、深刻《しんこく》そうに目を伏《ふ》せた。

「赤山様はどうも厳《きび》しいようだ」

父が仕える赤山靫負《ゆきえ》は島津《しまづ》家の有力な分家の血を引く。薩摩藩《さつまはん》でもかなりの名門の生まれだ。それゆえ、斉興《なりおき》は赤山の処分をためらっているが、どうも心が決まったらしい。

「逃《に》げるわけにはいかないのですか」

父は静かに首を振《ふ》った。影響力《えいきょうりょく》が大きすぎて脱藩《だっぱん》はできないし、本人にその気もないという。

「まだ二十代なのに、立派《りっぱ》な方だ。藩の発展《はってん》のために、人柱となるお覚悟《かくご》なのだ」

自分は死んでも、藩のためになるならかまわない、という考えだ。

それはまもなく、現実《げんじつ》となった。

風の生暖《なまあたた》かい春の日であった。西郷《さいごう》は、帰ってきた父の顔が真っ青になっているのに気づいた。

「どうかなさったのですか」

父は問いに答えず、たたみの上に倒《たお》れるように腰《こし》をおろした。

「水をくれ」

西郷《さいごう》が差し出した碗《わん》を受けとったものの、父はしばらく放心していた。言葉をかけずに見守っていると、はっと目を見開いて、手のなかの碗に気づいた。その手がぶるぶるとふるえている。

父はゆっくりと水を飲みほして、大きく息をついた。

西郷は特徴的《とくちょうてき》な大きな目で父を見すえた。悪い知らせだとはわかっているが、聞かなければいけない。

「赤山様がな、切腹《せっぷく》なさった」

父はぽつりと言った。額《ひたい》に汗《あせ》がにじんでいる。

「わしは介錯《かいしゃく》を任《まか》され、お役目を果たしてきた」

「それは……」

西郷は絶句《ぜっく》した。介錯とは、切腹した人が苦しまないように、刀で斬《き》ってとどめをさすことである。すなわち、父は仕える人を手にかけたのだ。それは、自分の身を切るよりつらいことではなかろうか。父の気持ちが胸《むね》にささって、西郷《さいごう》は息苦しさをおぼえた。

「これをおまえに」

父がふところから取り出したのは、血のついた布《ぬの》であった。

「意味がわかるか」

西郷は生々しい血の赤を見つめて、うなずいた。思いを継《つ》げ、ということだ。どうして自分なのか。赤山とは、何度か話したことがある。若者《わかもの》の力で藩《はん》の政治《せいじ》を変えたい、と熱っぽく語っていた。

「本当に、惜《お》しい方を亡《な》くした。それも、つまらないお家騒動《そうどう》で……」

父の声は弱々しく、聞きとるのも困難《こんなん》だった。

西郷は布を強くにぎりしめた。自分は藩のため、国のために何ができるか、考えなければならなかった。

幸いにして、西郷の父や西郷自身に処分《しょぶん》の手はとどかなかった。しかし、大久保《おおくぼ》家は災《さい》難《なん》にまきこまれてしまう。大久保《おおくぼ》の父は島流しにあい、大久保も役人見習いの仕事をやめさせられた。

身分としては、西郷《さいごう》家も大久保家も同じようなものだったが、大久保の父は琉球《りゅうきゅう》の貿易《ぼうえき》にかかわる重要な役職《やくしょく》についており、実入りがよかった。そのため、西郷家に比《くら》べて裕福《ゆうふく》だったのだが、それが今回はわざわいしたのだった。

大久保は泣きごとは言わなかった。黒い瞳《ひとみ》に静かな決意をたたえていた。

「世の中を変えるにはやはり力が必要だ。おれは力を手に入れる」

西郷はそこはかとない不安を感じてたずねた。

「どういう意味だ」

大久保は口ひげをさわりながら、しばし考えた。まだどじょうのようなそのひげを、大久保は立派《りっぱ》な口ひげに育てるつもりらしい。西郷もひげを伸《の》ばすようすすめられたが、うまく生えないのであきらめている。

大久保は声をひそめた。

「おれは今の藩主《はんしゅ》が好きではない。はっきり言えば、うらんでいる。おぬしはどうだ」

「同じ思いだ」

西郷《さいごう》の答えに、大久保《おおくぼ》がうなずく。

「だが、おれは機会があれば、藩主《はんしゅ》の側で働いてもよいと思っている」

「それが力を手に入れるということか」

「そうだ。大きな目標のためには、自分の気持ちを犠牲《ぎせい》にしてもかまわない」

「ふうむ。なるほどなあ」

必ずしも賛同《さんどう》はできなかったが、西郷は否定《ひてい》しなかった。大久保の気持ちはよくわかる。罪《つみ》もないのに、意見がちがうというだけで、処罰《しょばつ》されてしまう。そういう世の中をまず変えたい。

働き手を失った大久保家は生活が苦しくなった。西郷ももちろん楽ではなかったが、ときおり米やサツマイモを分けてあげた。これまで、大久保には何度も書物を貸《か》してもらっている。その恩《おん》に比《くら》べれば、大したことではなかった。むろん、恩を受けたことがなくても、西郷は手を差し伸《の》べただろう。

# 4

「どうも、斉興《なりおき》様が隠居《いんきょ》されるらしい」

そのうわさを仕入れてきた父の表情《ひょうじょう》は明るかった。赤山靭負《ゆきえ》の切腹《せっぷく》から半年以上が過《す》ぎて、心の傷《きず》もようやくふさがってきたところである。

しかし、西郷《さいごう》はいぶかしく思った。斉興が隠居すれば、藩主《はんしゅ》は久光《ひさみつ》になるはずだ。喜ばしいことではない。

「どうして、そんな顔をするのだ。後を継《つ》がれるのは斉彬《なりあきら》様だぞ」

西郷は目をみはった。どこで何が起こったのか。

「わしもくわしくは知らんが、どうも将軍《しょうぐん》様のお声がかかったらしい」

父の説明によると、きっかけは福岡《ふくおか》藩に逃《に》げた者たちだったという。彼《かれ》らが福岡藩主を通じて幕府《ばくふ》に状況《じょうきょう》を報告《ほうこく》し、斉彬を救ってくれるよう頼《たの》んだ。斉彬は幕府の重臣や藩主たちに人脈があるので、頼《たの》みは聞き入れられ、将軍《しょうぐん》の名前で斉興《なりおき》に隠居《いんきょ》がすすめられた。

　こうなっては、斉興もしたがうよりほかにない。嘉永《かえい》四年二月（西暦《せいれき》一八五一年三月）、斉興は正式に隠居し、斉彬《なりあきら》が第十一代薩摩藩主《さつまはんしゅ》となった。

　斉彬としては喜ばしい結果なのだが、そこにいたる過程《かてい》は満足のいくものではなかった。最終的に幕府《ばくふ》の力に頼ったことは、今後、足かせになるかもしれない。信頼《しんらい》していた重臣を失ったことは、いずれひびいてくるだろう。

　そこで、斉彬がまずおこなったのは、腹《はら》ちがいの弟との和解《わかい》である。もともと周囲の者たちが対立を深めていただけで、斉彬は久光《ひさみつ》を嫌《きら》っていたわけではない。

「これからは、兄弟で手を取り合って、この厳《きび》しい時代を乗り切っていこうではないか」

「ありがたいお言葉にございます。兄上に忠誠《ちゅうせい》をつくし、全力で支《ささ》える所存《しょぞん》です」

　久光の口調は、どことなく白々しかったかもしれない。

　だが、ふたりには互《たが》いに協力するべき理由があった。斉彬は子だくさんではあったが、ほとんどの子が幼《おさな》いうちに亡《な》くなってしまっている。次代の藩主は久光の子供《こども》から出るかもしれないのだ。久光の息子《むすこ》を斉彬が養子に迎《むか》えるとか、斉彬の娘《むすめ》を久光の息子の嫁《よめ》にするとか、様々な手段《しゅだん》を用いて、血をつないでいかなければならない。

「だが、不幸にも死者まで出た争いだ。このまま我々《われわれ》だけが和を結んでも、しこりが残るであろう。藩《はん》をひとつにまとめねばならぬ」

だれかに責任《せきにん》を負わせて、一連の事件《じけん》を終わりにする。斉彬《なりあきら》としては、斉興《なりおき》かお由羅《ゆら》の方を処罰《しょばつ》したいところだが、それでは外聞が悪い。また、久光《ひさみつ》と和解《わかい》するのに、両親を傷《きず》つけるわけにもいかなかった。

「よい案はないかな」

久光にたずねたのは、共犯《きょうはん》にしようという意図だった。

「責任を押《お》しつけるなら、死んだ者がいいですな」

久光の意見は、斉彬の思案と同じだった。久光派《は》で死んでいる有力者となると、調所広郷《ずしょひろさと》の名前があがる。以後、調所は財政再建《ざいせいさいけん》の功労者としてより、お家騒動《そうどう》を引き起こした罪人《ざいにん》として語られるようになった。

そのような政治的《せいじてき》なやりとりを知るよしもなく、西郷《さいごう》も大久保《おおくぼ》も新藩主の誕生《たんじょう》を喜んでいた。

「ようやく船頭が決まった。あとは漕《こ》ぎ手の力量だな」

大久保《おおくぼ》が自信ありげに笑った。口ひげはだいぶ形になってきている。

薩摩藩《さつまはん》はこのときより、時代の荒波《あらなみ》に漕ぎ出していく。ただ、舵《かじ》をとる若者《わかもの》たちは、まだ甲板《かんぱん》にあがっていなかった。


明くる嘉永《かえい》五年（西暦《せいれき》一八五二年）、西郷《さいごう》は二十四歳《さい》にして祝言《しゅうげん》をあげた。親同士が決めた縁組《えんぐみ》で、相手は伊集院《いじゅういん》家の須賀《すが》といった。

「美しいおなごだなあ」

西郷がすなおにほめたたえると、須賀は一瞬《いっしゅん》、ほおを赤く染《そ》めたが、ふいと横を向いてしまった。

「そなたには不本意なところもあろうが、私《わたし》も努力するから、いっしょに幸せになろうではないか」

西郷の言葉には真心がこもっている。それは通じたようだが、須賀はなかなか心を開こうとしなかった。貧乏武士《びんぼうぶし》のところへ嫁《よめ》に行かされた、と親をうらみ、世を呪《のろ》っているようである。

この時代の男であれば、そういう嫁でも無理に言うことを聞かせる者がほとんどだ。しかし、西郷《さいごう》はちがった。ふれるのを嫌《いや》がられると、あっさりと引いた。

「まあ、時がたてば自然と慣《な》れるだろう」

ゆっくりと夫婦《ふうふ》になっていけばよいと思っていたのだが、この年の西郷家にその余裕《よゆう》は与《あた》えられなかった。

七月に祖父《そふ》が、九月に父が、十一月に母が、相次いで亡《な》くなったのだ。祖父は充分《じゅうぶん》に生きたが、父はまだ働いている世代だ。それが苦しむまもなくあっさりと天に旅立っていった。母も後を追うようにつづいた。

「父上にも母上にも、充分な親孝行《おやこうこう》ができなかった」

西郷はなげいた。連続で葬式《そうしき》をおこなうと、さすがに気持ちが落ちこんで、頭が働かなくなる。だが、葬式のほかにも、後継《あとつ》ぎの届《とど》けを出したり、弟妹《ていまい》の生活を考えたりと、やるべきことはたくさんあった。

「仕事はおれが手伝うから、おぬしは家族のことを考えろ」

大久保《おおくぼ》が何くれとなく骨《ほね》を折ってくれた。大久保自身も、罪《つみ》を許《ゆる》してもらって、父と自分が元の役目に復帰《ふっき》できるよう走り回っていたところだが、様々な人に会うので、ついでに手続きを進めるようお願いしてくれるという。西郷《さいごう》は感謝《かんしゃ》して好意を受けた。

公《こう》のほうはそれでよかったが、私《し》のほうは困難《こんなん》だった。須賀《すが》は葬式《そうしき》の準備《じゅんび》などはこなしたが、それ以外はすっかりふさぎこんでいた。

「私《わたし》が悪いんです。私が来てから、この家は不幸ばかりではありませんか」

「そなたのせいであるはずがない。気に病むことはない」

西郷はなだめたが、須賀は底なし沼《ぬま》にはまったように、沈《しず》んでいくばかりであった。須賀については、時間が解決《かいけつ》してくれるのを待つしかなかった。

翌年《よくねん》、手続きが無事に終わって、西郷は家の当主となった。名実ともに、父に代わって一家を支《ささ》える主となったのだが、役職《やくしょく》は変わらなかったため、父の代より収入《しゅうにゅう》が減《へ》ってしまった。

しかし、西郷はくさってはいなかった。

斉彬《なりあきら》は、階級が低い武士《ぶし》でも、能力《のうりょく》と意欲《いよく》があれば、重く用いる方針《ほうしん》だという。もともとの開明的な性格《せいかく》にくわえ、お家騒動《そうどう》で多くの側近を失ったことも影響《えいきょう》しているのだろう。

これは千載一遇《せんざいいちぐう》の好機だ。

斉彬《なりあきら》なら、自分の意見も聞いてくれる。西郷《さいごう》は農業政策《せいさく》に関する意見書を藩主《はんしゅ》に送った。尊敬《そんけい》する迫田利済《さこたとしなり》の考えと、自分で書物から学びとった知識《ちしき》、それから仕事の経験《けいけん》を生かして、堂々とした提言《ていげん》をおこなったのである。

本来、西郷のような下っぱ役人が、藩主に意見などできない。意見書の内容《ないよう》には自信があったが、どういう結果をもたらすかは不安であった。そもそも、藩主に届《とど》けられる途中《とちゅう》でにぎりつぶされて、斉彬の目にはふれないかもしれない。

年が明けて嘉永《かえい》七年（西暦《せいれき》一八五四年）のはじめ、西郷は上役に呼《よ》ばれて告げられた。

「郡方書役助《こおりかたかきやくたすけ》の役目をやめてもらう」

上役の表情《ひょうじょう》は奇妙《きみょう》にゆがんでいた。喜んでいるのか、悲しんでいるのか、よくわからない。意見書を出した結果だとして、怒《おこ》られるのか、ほめられるのかもわからなかった。

ゆえに、西郷はだまって次の言葉を待った。上役がせきばらいする。

「おほん、ん。でな、かわりに斉彬様が江戸《えど》に参勤《さんきん》される際《さい》の御供《おとも》を命じるそうだ。そのまま、江戸《えど》に詰《つ》めることになろう。すぐに城《しろ》へ行ってあいさつしてこい」

「……ありがとうございます」

西郷《さいごう》の全身にふるえが走っていた。

斉彬《なりあきら》の御供《おとも》として江戸に行ける。これ以上の栄誉《えいよ》があろうか。意見書が最大限《さいだいげん》に評価《ひょうか》されたことを、西郷は知った。

鹿児島《かごしま》の城は鶴丸城《つるまるじょう》と呼《よ》ばれる。城といっても、高い石垣《いしがき》や天守はなく、切り立った岩のような城山を背後《はいご》に、いくつかの門や屋形が建てられているだけだ。単独《たんどく》では防御力《ぼうぎょりょく》は高くない。

この地に立派《りっぱ》な城があると、反乱《はんらん》を起こす気かと、幕府《ばくふ》を刺激《しげき》してしまう。単純《たんじゅん》に堅固《けんご》な城を建てる金がない。九州の南のはしまで攻《せ》められたら、その時点で負けだから守りをかためても仕方がない。いずれの理由も正しいと言えよう。薩摩藩《さつまはん》では、人が守りの要《かなめ》と考えられている。

さて、西郷は鶴丸城に駆《か》けつけたが、忙《いそが》しい斉彬には会えなかった。重臣の何人かにあいさつし、江戸への出発が迫《せま》っていると知った。

「なんと、あわただしいことよ」

口ではそう言いながらも、西郷《さいごう》はゆったりとした足どりで自宅《じたく》に戻《もど》った。準備《じゅんび》といっても、物持ちではないから、たかが知れている。

「藩主《はんしゅ》様にしたがって、江戸《えど》に行くことになったよ」

報告《ほうこく》すると、須賀《すが》は目を合わさずにたずねた。

「私《わたし》はどうなるのでしょうか」

「どうってなあ」

最初に自分の心配をしてしまうのが、須賀の性格《せいかく》であった。だが、それはおかれた状《じょう》況《きょう》によるものであろうから、西郷は責《せ》める気にはなれない。

「ここに残って、家を守ってもらうことになろう。帰りがいつになるかはわからない。便りを欠かさぬようにしよう」

須賀はほっと息をついた。江戸に行かなくてすむからか、それとも西郷と離《はな》れられるからだろうか。

「ほかに聞いておきたいことがあるか」

須賀《すが》はしばらくためらっていたが、結局、首を横に振《ふ》った。

「行ってらっしゃいまし。どうかご無事で」

「ありがとう」

一月のうちに、西郷《さいごう》は出立《しゅったつ》した。

「出世したら、おれも推薦《すいせん》してくれ」

そう言って、大久保《おおくぼ》が見送ってくれた。まわりの仲間たちは笑っていたが、ふたりのあいだでは冗談《じょうだん》ではなかった。

# 二章

# 真の主君

# 1

江戸《えど》に向かって鹿児島《かごしま》を出発した日のことだった。薩摩藩《さつまはん》の大名行列は横井《よこい》という地で最初の休憩《きゅうけい》をとった。

参勤《さんきん》交代は、荷物運びの人足や足軽を含《ふく》めると、千人をはるかに超《こ》える行列になるから、いくつかの部隊に分かれて進む。西郷《さいごう》は藩主《はんしゅ》を中心とする本隊の後ろのほうを歩いていた。街を通るときは、列を乱《みだ》さず、足並《あしな》みをそろえて行進するが、そうでないときは互《たが》いに話しながら気楽に歩くものだ。休憩が命じられると、それぞれが道ばたにすわって休む。

土の上に腰《こし》をおろした西郷は、持ってきたにぎり飯にかぶりついた。にぎり飯といっても、麦が多くまじっているので、ぽろぽろとこぼれやすい。こぼれた麦はひろって口に入れる。

半分食べたところで終わりにした。残りはあとで食べよう。竹筒《たけづつ》の水を飲んでひと息ついていると、まわりの者たちがさわぎはじめた。

「西郷《さいごう》という者を連れてこい」

かすかにそう聞こえたので、西郷は立ち上がった。長くのびる列の前のほうから、ざわめきが近づいてくる。

「私《わたし》はここにおります」

手をあげて、前のほうに進んでいこうとすると、奇怪《きかい》な光景が見られた。将棋《しょうぎ》の駒《こま》を倒《たお》すように、人々の頭が下がっていく。順番に平伏《へいふく》しているのだ、と気づくまでに、わずかな時間が必要だった。

だれか高貴《こうき》な人が近づいてくる。西郷もあわててしゃがみこみ、頭を地につけた。

「そなたが西郷か。頭を上げよ」

やや高めの声であった。まさか、藩主《はんしゅ》の斉彬《なりあきら》であろうか。藩主の姿《すがた》は遠くから見たことはあっても、会って話をしたことはない。西郷は少し頭をあげて、その人の胸《むね》のあたりに視線《しせん》をおいた。

「なかなか頼《たの》もしそうなつらがまえだな。体つきも立派《りっぱ》だ」

「ありがたきお言葉に存《ぞん》じます」

「体の大きさも才能《さいのう》なのだ。異国人《いこくじん》とわたり合うには、背《せ》の高いほうがよい。両親に感謝《かんしゃ》するのだぞ。剣術《けんじゅつ》や学問は努力で伸《の》ばせるが、背丈《せたけ》はどうにもしようがないからな」

「そうおっしゃっていただけると、父母も草葉の陰《かげ》で喜びましょう」

その人は微笑《びしょう》した。

「偉業《いぎょう》をなしとげれば、名声はどこにでも届《とど》くであろう。つまり、これからも親孝行《おやこうこう》はできる。はげめよ。もっとも、わしは親孝行などせぬがな。ひいじいさん孝行をしようと、今がんばっているところだ」

それで確信《かくしん》した。この人は斉彬《なりあきら》様だ。同時に思った。自分がだれだかわかるように、「ひいじいさん孝行」などと言い出したのではないか。失礼な表現《ひょうげん》になるが、苦労人だけあって、配慮《はいりょ》のできる人だ。

藩主《はんしゅ》じきじきに声をかけてもらえるとは、めったにない栄誉《えいよ》である。もう一度、深く頭を下げた西郷《さいごう》に、斉彬は問いかけた。

「ところで、そなたは刀のほうは使えるか」

西郷《さいごう》は顔を上げずに答えた。

「右ひじに古傷《ふるきず》がありまして、満足に使えませぬ」

「ふむ、それは残念だ。しかし、いずれ刀は時代遅《おく》れの武器《ぶき》になるだろう。気にすることはない」

斉彬《なりあきら》はそう言って笑った。

「今日は顔を見に来ただけだ。江戸《えど》ではしっかり働いてもらう。楽しみにしておくがよい」

「御意《ぎょい》にございます」

西郷は全身にここちよいふるえが走るのを感じていた。自分が磁石《じしゃく》になって、その人に吸《す》いよせられたようだった。

真の主君に出会った。諸葛亮《しょかつりょう》が劉備《りゅうび》に出会い、楠木正成《くすのきまさしげ》が後醍醐天皇《ごだいごてんのう》に出会い、猿飛佐助《さるとびさすけ》が真田幸村《さなだゆきむら》に出会ったように。感動で涙《なみだ》があふれそうだった。ちらりと見えた主君の顔と声が、脳裏《のうり》に焼きついている。

理屈《りくつ》ではない。直感的に、この人のためなら死んでもいいと思えた。武士《ぶし》たる身として、これほどうれしいことはない。

大久保《おおくぼ》が側にいたら、喜んで話して聞かせただろう。だが、手紙に書くとなると、ためらわれた。文字にすると、安っぽくなってしまう気がする。この思いは、しばらく胸《むね》におさめておこう。

斉彬《なりあきら》は藩主《はんしゅ》の地位についてから、さっそく様々な事業に着手していた。工業化をなしとげるために必要な反射炉《はんしゃろ》の建設《けんせつ》、海に乗り出すための洋式帆船《はんせん》の建造《けんぞう》をはじめ、新たな時代への準備《じゅんび》を進めているのだ。農業を発展《はってん》させ、まずしい農民を救うための政策《せいさく》も用意している。

斉彬は必ず名君になる。薩摩《さつま》藩を変え、日本を変えてくれる。西郷《さいごう》は確信《かくしん》していた。その斉彬のもとで働けるのだ。江戸《えど》へ行くのが、ますます楽しみになっていた。

江戸の町のにぎわいは、西郷の想像《そうぞう》をはるかに超《こ》えていた。

主要な通りは人でうめつくされている。駕籠《かご》をかついだ男たちが威勢《いせい》のいいかけ声をかけ合い、桶《おけ》を肩《かた》にのせた物売りがだみ声で叫《さけ》ぶ。黄色や赤の着物を着た娘《むすめ》たちは高い声でしゃべりながら歩く。大店《おおだな》の商人は供《とも》を連れて早足で歩き、岡《おか》っ引《ぴ》きをしたがえた与力《よりき》が人混《ひとご》みをぬって走る。

商店がのきを連ねる通りでは、客引きが声をはりあげている。だんごをほおばる子供《こども》の笑顔がまぶしい。

「なんとまあ、さわがしいことだ」

西郷《さいごう》は大きな目をさらに大きくして、はじめて見る光景を胸《むね》にきざんでいた。鹿児島《かごしま》の町とはまったく規模《きぼ》がちがった。幕府《ばくふ》の勢《いきお》いはかげっているとはいえ、町には活気がある。下級の武士《ぶし》や職人《しょくにん》や商人は、まだまだ元気だ。

だが、変化のきざしはあった。人々の話に耳をかたむけると、「黒船」「蒸気船《じょうきせん》」などの新しい言葉が聞こえてくる。

昨年、アメリカのペリー提督《ていとく》ひきいる艦隊《かんたい》が浦賀《うらが》にあらわれた。いわゆる黒船来航である。ペリーは幕府にアメリカ大統領《だいとうりょう》の親書を届《とど》け、開国して貿易《ぼうえき》をするよう求めた。ペリー艦隊は、空砲《くうほう》ながら大砲を撃《う》って幕府をおどし、一年後の返答を約束させて引きあげた。

この要求を受けて、幕府《ばくふ》は大混乱《だいこんらん》におちいった。時の将軍《しょうぐん》は十二代の家慶《いえよし》であったが、ペリーの来航後まもなく亡《な》くなった。後を継《つ》いだ家定《いえさだ》は病弱で、政治《せいじ》をおこなうどころではない。老中の阿部正弘《あべまさひろ》が中心となって、問題の解決《かいけつ》に挑《いど》んだ。

老中というのは、幕府の政治をつかさどる最高の役職《やくしょく》だ。定員は決まっておらず、三、四人いることが多い。阿部正弘は、二十代の若《わか》さで、老中の首座《しゅざ》つまり一番えらい地位についた秀才《しゅうさい》である。斉彬《なりあきら》はこの阿部と仲がよかったので、幕府に助けてもらうことができた。

阿部は広く人材を求め、他人の話をよく聞く男だった。ペリーが来るという情報《じょうほう》は事前に知っていて、斉彬や水戸藩主《はんしゅ》の徳川斉昭《とくがわなりあき》らにあらかじめ意見を聞いていた。

徳川斉昭は外国船は追い払《はら》え、という立場である。

「古くからの伝統《でんとう》を大切にすべきだ。日本には朝廷《ちょうてい》を中心に、独自《どくじ》に発展《はってん》してきた文化がある。異国《いこく》の影響《えいきょう》は受けぬ」

斉昭の思想は尊皇攘夷《そんのうじょうい》と呼《よ》ばれるようになる。

しかし、水戸藩を治める徳川家は家康の息子《むすこ》を初代としており、将軍を支《ささ》える徳川御三《ごさん》家《け》のひとつだ。それが、尊皇《そんのう》つまり天皇《てんのう》を尊《とうと》ぶ思想なのは奇妙《きみょう》である。実は、水戸藩《はん》では、『大日本史』をつくらせた水戸黄門こと水戸光圀《みつくに》以来、日本古来の伝統《でんとう》を重んじる学問が盛《さか》んなのだ。これを水戸学という。斉昭《なりあき》は水戸学を重視《じゅうし》しており、藩の改革《かいかく》のひとつとして、学校を建てて学ばせていた。

斉彬《なりあきら》もまた、この時点での開国には賛成《さんせい》していなかった。いずれは開国すべきだが、ペリーの要求を飲むのはさけるべきだと主張《しゅちょう》する。

「大砲《たいほう》を撃《う》って貿易《ぼうえき》を迫《せま》るような野蛮《やばん》な国を相手にしてはなりません」

斉彬は述《の》べた。西洋の国々は、不平等な貿易を押《お》しつけたり、軍を送りこんで植民地にしたりと、東洋を荒《あ》らしまわっている。それに対抗《たいこう》するためには、こちらも態勢《たいせい》を整えてから開国すべきであろう。

「西洋の諸国《しょこく》は互《たが》いに対立しています。アメリカが攻《せ》めてくるなら、イギリスやフランスが武器《ぶき》を売って助けてくれるでしょう。逆《ぎゃく》のことも言えます」

「さすがは島津殿《しまづどの》、見事なご意見だ」

阿部《あべ》は感心したが、そのとおりにするとは言わない。情報《じょうほう》どおりにペリーが訪《おとず》れると、身分を問わず、さらに多くの人の意見を聞いた。

いろいろな意見が集まったが、決め手はなかった。イエスと言うか、ノーと言うか。ノーと言えば、戦争する覚悟《かくご》を固めなければならない。阿部《あべ》は決断《けつだん》できなかった。

斉彬《なりあきら》はこの年、本国の薩摩《さつま》に滞在《たいざい》すること半年あまりで江戸《えど》に向かったが、これは風雲急を告げる情勢《じょうせい》に対応《たいおう》するためでもあった。

しかし、結局、斉彬は間に合わなかった。ペリーが、一年後との約束にもかかわらず、半年後に来て回答を迫《せま》ったのだ。道中でその知らせを聞いた斉彬は、小さく舌打《したう》ちして言った。

「ペリーめ、将軍《しょうぐん》様が亡《な》くなって、こちらがあわてているのを知って、これ幸いとやってきたにちがいない。そのようなしたたかな男に、阿部殿《どの》が対抗《たいこう》できるかどうか……」

斉彬の心配は的中した。阿部はペリーの圧力《あつりょく》に負けて開国を決めた。このとき結ばれた条約《じょうやく》を、日米和親条約という。両国は友好を誓《ちか》い、日本は下田と箱館《はこだて》を開港して、アメリカ船が補給《ほきゅう》することを認《みと》めた。

斉彬が江戸に着いたとき、条約はすでに結ばれていた。

「貿易《ぼうえき》についての定めはないようだな」

斉彬《なりあきら》はほっとしたが、次はもっと厳《きび》しい要求をしてくるだろう。それまでに、外国と交《こう》渉《しょう》できる人材をそろえ、軍備《ぐんび》も万全にしておきたい。斉彬は水戸藩《はん》の徳川斉昭《とくがわなりあき》や福井藩の松平慶永《まつだいらよしなが》らと相談をはじめた。

## 2

西郷《さいごう》は庭方役《にわかたやく》に任命《にんめい》されていた。お庭番とも言われる役職《やくしょく》だ。もともとは屋敷《やしき》の庭で警《けい》備《び》しながら、主君の命令を待つのが仕事で、忍《しの》びがつとめることも多かった。西郷はおもに斉彬の使いで手紙を届《とど》けたり、人に会ったりしている。

この日、西郷は水戸藩の藩邸《はんてい》にいた。広い座敷《ざしき》で向かい合っているのは、五十がらみの武士《ぶし》である。背中《せなか》を丸め気味にすわっているが、ぎょろりとした目には、人の心のうちを見通すかのような力がある。名を藤田東湖《ふじたとうこ》という。

「藤田《ふじた》先生のお名前はよく存《ぞん》じております。ご本はすべて読ませていただき、あこがれておりました。お目にかかれて光栄です」

西郷《さいごう》の口調はのんびりとしていて、内心の緊張《きんちょう》は表に出ていなかった。凡人《ぼんじん》であれば、お世辞に聞こえたかもしれない。しかし、東湖《とうこ》は西郷の目を見て言った。

「そうかたくならずともよい」

「はっ、失礼いたしました」

西郷は身じろぎして、正座《せいざ》のずれを直した。

東湖は水戸藩《はん》にその人あり、と知られた高名な学者である。水戸藩の学校で水戸学を教えながら、藩主の斉昭《なりあき》に政治《せいじ》や外交の助言をしている。西郷が江戸《えど》に行ったらぜひ会いたいと思っていた人物だ。その夢《ゆめ》がかなったのであった。

東湖は歴史や思想について、様々な問題を投げかけてきた。まさに厳《きび》しい教師《きょうし》といった風情《ふぜい》である。

あまりに難《むずか》しい問題ばかりで、西郷はろくに答えられなかった。評価《ひょうか》されるとしたら、真剣《しんけん》に答えようとした態度《たいど》くらいであろう。東湖は表情《ひょうじょう》を変えなかったが、失望していたかもしれない。

最後に、東湖《とうこ》はたずねた。

「我々《われわれ》がめざすところは知っておろう。幕府《ばくふ》は朝廷《ちょうてい》を軽く見ている。その態度《たいど》が、現在《げんざい》の困難《こんなん》な状況《じょうきょう》をもたらしているとも言える。そなたはどう思うか」

水戸学は尊皇《そんのう》思想であるから、天皇《てんのう》や朝廷を中心とした体制《たいせい》をつくろうと考えている。とはいえ、理想と現実《げんじつ》はちがう。斉昭《なりあき》は幕府の政治《せいじ》にかかわっており、現実的な路線で、朝廷の役割《やくわり》を拡大《かくだい》させようとしていた。

ただ、攘夷《じょうい》思想においては、水戸藩《はん》は過激《かげき》である。貿易《ぼうえき》などもってのほか、外国船を近づけてはならぬ、という考えだ。西洋の産物や文化を受け入れて、日本の伝統《でんとう》を失うことをおそれている。

「幕府の政治は行きづまっていると思います。主君の命にしたがい、新たな体制づくりにつとめる所存《しょぞん》です」

無難《ぶなん》な返答に、東湖はふっとため息をついた。

「それだけか」

「私《わたし》としては、上の体制《たいせい》もですが、下々の暮《く》らしにも目を向けたいと考えております」

「下々の生活とな」

東湖《とうこ》の目がするどく光った。

「はい。たとえまずしくても、笑顔で暮らせるようにしたいと思います」

東湖はしばらく無言で、西郷《さいごう》を見つめた。

「……ふむ、おもしろいことを言う。島津殿《しまづどの》がそなたを使う理由がわかったような気がするな。だが、知識《ちしき》はまだまだだ。ひまがあれば、講義《こうぎ》を聞きに来るがよい」

「ありがとうございます」

最後に声がはずんだ。満ち足りた気分で、西郷は水戸藩邸《はんてい》を後にした。

三田の薩摩《さつま》藩邸に戻《もど》った西郷は、ちょうど帰っていた斉彬《なりあきら》に呼《よ》ばれた。庭にまわり、広《ひろ》縁《えん》に立つ斉彬から声をかけられる。

「藤田《ふじた》先生と話してきたそうだな。感想はいかがであったか」

「お話をうかがっておりますと、まるで清水をあびたように心が洗《あら》われ、一点の曇《くも》りもなくなりました。帰り道を忘《わす》れてしまったほどでございます」

「それはそれは」

斉彬《なりあきら》は満足げにうなずいた。

「水戸学を学びたいか」

「水戸学にかぎらず、様々な学問を学びたいと思っております」

「うむ。あれはやや行きすぎるところがあるからな。はば広く学んだほうがよい。今後もあちこちに使いにやるから、多くの人から話を聞くがよい。それが一番の勉強だ」

西郷《さいごう》は深く頭を下げた。斉彬は自分を高く評価《ひょうか》してくれている。何としても、その期待に応《こた》えたいと思った。

斉彬はこのころから、公武《こうぶ》合体という新しい政治体制《せいじたいせい》をつくりあげる活動をはじめていた。公は朝廷《ちょうてい》、武は幕府《ばくふ》で、両者が協力する体制が目標だ。武のほうは幕府だけでなく、薩摩《さつま》をはじめとする有力な藩《はん》も参加できるようにしたい。攘夷《じょうい》か開国かで言えば、開国にかたむいているが、よく話し合い、条件《じょうけん》を整えたうえでのことだ。

斉彬は江戸《えど》に拠点《きょてん》を定めて、精力的《せいりょくてき》に動いていた。西郷も忙《いそが》しかったが、毎日は充実《じゅうじつ》していた。

安政元年《あんせい》（西暦《せいれき》一八五四年）の冬、西郷《さいごう》は国もとの弟から衝撃的《しょうげきてき》な知らせを受けとった。手紙を読んだ西郷はめずらしく取り乱《みだ》し、いきなり立ち上がって、右へ左へと歩きまわった。手紙は手のなかでくしゃくしゃに丸められている。

「いったいどうしたのだ」

仲間に問われて、西郷は動きを止めた。

「いや、その……」

「離縁状《りえんじょう》でも届《とど》いたか」

図星だったので、西郷は無言でうつむいた。

「そ、そうか。ま、まあ、女はたくさんいるから、次があるだろ」

仲間はそそくさと去っていった。残された西郷は腰《こし》をおろして、丸めた手紙をもう一度ひらいた。

須賀《すが》は実家の伊集院《いじゅういん》家に引き取られたという。一向に生活が楽にならず、須賀もまわりと打ちとけられなかったからだそうだ。江戸《えど》と薩摩《さつま》に別れて暮《く》らして、まだ一年はたっていない。西郷に相談はなかった。

「結局、何もしてやれなかったか」

西郷《さいごう》はため息をついた。目のふちに、涙《なみだ》がにじんだ。

庭方役《にわかたやく》として斉彬《なりあきら》の側で働くようになっても、収入《しゅうにゅう》はあがらなかった。斉彬はおそらく西郷が充分《じゅうぶん》な金をもらっていないことに気づいていない。西郷はあえてもとめたりしなかった。家族のことを思えば、要求するべきだったかもしれない。西郷は仲間からの遊びの誘《さそ》いにはいっさい乗らず、節約していたが、その気持ちだけでは、妻《つま》を救えなかった。

「おれはどうすればよかったのか」

最初からつづけるのは無理な結婚《けっこん》だった。そのように結論《けつろん》づけてしまえば楽だが、それでは何も得られない。借金してでも金を送ればよかったのか、江戸《えど》行きはあきらめて鹿児《かご》島《しま》に残ればよかったのか。いずれも現実的《げんじつてき》ではない。やはり、相性《あいしょう》が悪かったと考えるべきだろうか。

西郷は落ちこむというより、じっくりと考えすぎて、まわりが目に入らなくなっていた。様子がおかしいと、斉彬まで心配している。

「早く忘《わす》れるのだ。そなたはまだ若《わか》い。私《わたし》が次の縁談《えんだん》を世話してやってもよいぞ」

「もったいないお言葉にございます」

西郷《さいごう》は是《ぜ》とも否《ひ》ともとれるように答えた。断《ことわ》ったら失礼になってしまうが、斉彬《なりあきら》にはもっと生産的な面で力を発揮《はっき》してほしい。もっとも、薩摩《さつま》の近代化政策《せいさく》と、江戸《えど》での政治《せいじ》工作に忙《いそが》しい斉彬は、さまつなことはすぐに忘《わす》れてしまう。西郷の縁談《えんだん》などじきに頭から消えるにちがいなかった。

だが、斉彬はだれかから事情《じじょう》を聞いたようだ。以後、たまに西郷に軍資金《ぐんしきん》と言って、まとまった金を渡《わた》すようになった。それまでは自腹《じばら》を切ることが多かったので、これはずいぶんと助かったが、西郷は自分のために軍資金を使うことは決してなかった。

## 3

安政《あんせい》二年十月二日（西暦《せいれき》一八五五年十一月十一日）午後十時、江戸の町を大地震《おおじしん》が襲《おそ》った。

西郷はちょうど床《とこ》についたところだった。突然《とつぜん》、下から突《つ》き上げられるようなゆれがあって、体が布団《ふとん》ごと浮《う》いた。次いで、激《はげ》しい横ゆれが生じる。立ち上がろうとしたが、とても無理だ。

まず、桜島《さくらじま》の噴火《ふんか》だろうかと思い、ここは江戸《えど》だと気づいた。

「倒《たお》れるぞ。外へ出ろ！」

だれかが叫《さけ》んでいる。しかし、ゆれがつづいているため、移動《いどう》するのがむずかしい。天《てん》井《じょう》や床《ゆか》がみしみしと音を立てている。早くしないと屋敷《やしき》が崩《くず》れそうだ。

西郷《さいごう》は行灯《あんどん》が倒れているのを見て、はっとした。火事になってしまう。あわてて布団でたたいて火を消す。まだゆれはおさまらない。天井が轟音《ごうおん》とともに割《わ》れた。急げ、と怒号《どごう》がひびく。

西郷は転がるようにして、庭に飛び出した。すでに何十人もの藩士《はんし》や使用人が脱出《だっしゅつ》してきている。ゆれがようやく小さくなってきた。

「お屋形様は大丈夫《だいじょうぶ》だろうか」

たずねると、口々に回答があった。

「ご無事だそうだ」

胸《むね》をなでおろしたとき、屋敷《やしき》がぐしゃりとつぶれた。瓦《かわら》のくだける音がひびき、土煙《つちけむり》がもうもうと立ちこめる。

みなが呆然《ぼうぜん》と見守るなか、ひとりが後ろをふりかえった。

「おい、あれを見ろ」

西郷《さいごう》も振《ふ》りかえって、言葉を失った。

町のあちこちに、火の手があがっている。火事が広がれば、どれほどの被害《ひがい》が出ることか、考えるだけでおそろしい。

「水を用意しよう。それから食料だ」

西郷は叫《さけ》んで井戸《いど》に走った。微力《びりょく》でも、できるだけのことをしたかった。

この日の地震《じしん》は、死者一万人に達する被害をもたらしたが、歴史に与《あた》える影響《えいきょう》もまた大きかった。

古くから人々は、天災《てんさい》の原因《げんいん》を時の政権《せいけん》に結びつける。政治をおこなう者たちが、天の意思にそむいているから、地震や飢饉《ききん》が起きると考えるのだ。幕府《ばくふ》の統治《とうち》が乱《みだ》れ、ひとつの時代が終わろうとしている。そうした雰囲気《ふんいき》ができつつある。

多くの死者のなかで、もっとも高名なのは、水戸藩《はん》が誇《ほこ》る大学者だった。その知らせを聞いたとき、西郷《さいごう》は絶句《ぜっく》した。

「まさか先生が……」

藤田東湖《ふじたとうこ》が、命を落としたのだった。いったんは無事に脱出《だっしゅつ》したが、年老いた母を助けるためにもう一度屋敷《やしき》に入り、崩《くず》れた天井《てんじょう》の下敷《したじ》きになったのだという。

藩主の斉昭《なりあき》は片腕《かたうで》を失い、藩士たちはすぐれた指導者《しどうしゃ》を失った。水戸藩の行く末に、暗雲がたれこめていた。

江戸《えど》の町が地震《じしん》からの復興《ふっこう》に力を注ぐ安政《あんせい》三年（西暦《せいれき》一八五六年）、西郷は主君の斉彬《なりあきら》におとらず、多忙《たぼう》な日々を送っていた。

この年、薩摩《さつま》藩にとっての大事は、篤姫《あつひめ》の将軍《しょうぐん》家への輿入《こしい》れである。斉彬のいとこにあたる姫が、将軍家定《いえさだ》に嫁《とつ》ぐのだ。

島津《しまづ》家から将軍家への輿入れはこれがはじめてではない。十一代将軍家斉《いえなり》の正室は島津家から出ている。この人が子だくさんだったので、大奥《おおおく》には島津家の姫は健康だという印象があったらしい。立派《りっぱ》な後継《あとつ》ぎを得るため、病弱な家定《いえさだ》には健康な奥方《おくがた》を、ということで、島津《しまづ》家に申し入れがあった。三年前のことだ。

斉彬《なりあきら》にとっては、渡《わた》りに船であった。将軍《しょうぐん》家と親戚《しんせき》になれば、自然と発言力が高まる。島津家に対して、「田舎《いなか》大名がえらそうに」などと言うやからは減《へ》るだろう。幕府《ばくふ》の政治《せいじ》改革《かいかく》を進めるためには、ぜひ実現《じつげん》させたかった。

しかし、斉彬の子には、これという娘《むすめ》がいなかった。ちょうどよい年齢《ねんれい》で、丈夫《じょうぶ》な体をもち、さらに頭のよい娘がいないだろうか。

一族を見わたして、斉彬は篤姫《あつひめ》に白羽の矢を立てた。先々代の藩主《はんしゅ》の孫にあたる聡明《そうめい》な娘だ。斉彬は篤姫を養女にし、江戸《えど》に連れてきた。

だが、篤姫の輿《こし》入れには反対する意見ばかりがあがった。

「藩主の実の娘でないと釣《つ》り合いがとれませぬ」

「島津公は将軍家を軽く見ているのではないか」

話をもちかけてきた大奥《おおおく》も、斉彬と親しい徳川斉昭《とくがわなりあき》も、難色《なんしょく》をしめした。しかし、斉彬はあきらめない。

「養女も実の娘《むすめ》も変わりはなかろう。いや、今だから言うが、実は私《わたし》の隠《かく》し子なのだ。実の娘でまちがいない」

約二年のあいだ調整がつづいて、この年の二月になった。斉彬《なりあきら》は老中の阿部正弘《あべまさひろ》と相談して、篤姫《あつひめ》を公家の名門、近衛《このえ》家の養女とするよう定めた。ここにいたって大奥《おおおく》も同意し、篤姫の輿入《こしい》れが内定した。正式な決定は七月で、輿入れは十一月と決まった。忙《いそが》しい斉彬にしてみると、かなり厳《きび》しい日程《にってい》である。

内定を受けて、斉彬は西郷《さいごう》に命じた。

「私《わたし》にかわって輿入れの手配を監督《かんとく》せよ」

西郷はおどろいて、思わず顔をあげた。輿入れの知識《ちしき》などないに等しい。適材適所《てきざいてきしょ》とは言いかねるだろう。

「情《なさ》けない顔をするな。考えがあっての命令だ」

もっとも重要なのは、持参品をそろえることだが、実際《じっさい》の手配はくわしい者と出入りの商人がおこなう。西郷は斉彬のかわりに品を確認《かくにん》し、もれや不正がないか、見張《みは》っていればよい。

「私《わたし》はまずしい生まれで、物の善《よ》し悪しはわかりませぬが」

「金持ちだって、あてにならぬ。そなたはよう気が利くし、人の話を聞くことができる。それで充分《じゅうぶん》だ」

さらに斉彬《なりあきら》はつけくわえた。

「篤姫《あつひめ》は頭は切れるし、弱い者にはやさしい娘《むすめ》だが、気性《きしょう》はむずかしくてな。頑固《がんこ》で気が強いから、将軍《しょうぐん》様でもないと、相手はつとまらんだろう」

「さようで」

主家の人だから、うかつに同意もできず、西郷《さいごう》はあいまいにうなずいた。篤姫を遠目に見たことはあるが、話したことはない。

「だが、そういう娘はえてして弱いところがあるものだ。悩《なや》むようなら、話を聞いてやってくれ」

「かしこまりました」

主君の命令だから、西郷は受け入れたが、内心では首をかしげている。妻《つま》に逃《に》げられた男には、無理な任務《にんむ》ではなかろうか。もっとも、篤姫が自分から言ってこなければ、あえて聞かずともよいとのことである。西郷《さいごう》はほっとして、持参品を確認《かくにん》する仕事にとりかかった。

将軍《しょうぐん》家への輿入《こしい》れは、薩摩藩《さつまはん》の誇《ほこ》りをかけた一大事業である。持参品は嫁入《よめい》り道具などというかわいらしいものではない。着物や帯をはじめとする身につけるもの、食器などの日用品、それをしまう箪笥《たんす》、移動《いどう》用の駕籠《かご》など、姫《ひめ》が使うすべてのものを大量にそろえて持っていく。もちろん、最高級のものだ。

斉彬《なりあきら》は命じている。

「当日は、薩摩藩邸《はんてい》から江戸城《えどじょう》まで輿と車で向かう。その行列は、藩邸から江戸城の距離《きょり》より長くしろ」

「それだけ多い持参品を用意しろということですね」

「そうだ。運び方にも工夫をせよ。とにかく、先頭が江戸城に入ったとき、後ろのほうはまだ藩邸を出ていない。そういう状況《じょうきょう》にするのだ。のちのちの世まで、語りぐさになるようにな」

金に糸目をつけるな、と斉彬は言う。

たしかに、金を惜《お》しんではならない場面である。西郷《さいごう》は当代一の逸品《いっぴん》を飽《あ》きるほど見た。自分自身では、器はものが入ればよいし、着物は破《やぶ》れていなければいいと思うのだが、考えのことなる世界はたしかにあった。きらびやかで、かつ上品で、細かいところまでていねいに仕上げられた品々は、感嘆《かんたん》のため息を誘《さそ》う。西郷のような無粋《ぶすい》な田舎者《いなかもの》でも、すばらしいとわかるのだ。

しかし、篤姫《あつひめ》は豪華《ごうか》な品を前にしても、顔色を変えなかった。

「一度しか使わないようなものにも大金をかけるなど、浪費《ろうひ》のきわみです」

「ですが、姫様……」

「そうしなければならない理由はわかっています。だからよけいに腹《はら》が立つのです」

なるほど、篤姫は聡明《そうめい》で勝ち気な女性《じょせい》だ。できうるかぎり気を遣《つか》って応対《おうたい》しなければならない。

西郷はなるべく意にそおうと、細心の注意を払《はら》って篤姫を観察した。

篤姫がこの縁組《えんぐみ》を喜んでいないことはわかる。敵地《てきち》に乗りこむようなものだから、不安も多いだろう。まして大奥《おおおく》は特殊《とくしゅ》な場所で、独特《どくとく》のしきたりがあると聞く。心細いだろうと思う。だが、同情《どうじょう》されたくはないだろう。決まったことは動かせない。うわべの同情は反発を招《まね》くだけだ。

顔を合わせる機会が多くなると、篤姫《あつひめ》は問いかけてくるようになった。西郷《さいごう》がだれについて何を学んでいるかに、興味《きょうみ》があるようだった。

「水戸学は国学とはちがうのですか」

「オランダ語以外の外国語を教えてくれる先生はいるのですか」

そのような質問《しつもん》に、西郷はていねいに答えた。篤姫はそっけない。美しく化粧《けしょう》のほどこされた顔には、笑みのかけらも浮《う》かんでいなかった。ばかにされているわけではないと思う。あえて壁《かべ》をつくろうとしているようだ。西郷としては、そのほうが気が楽である。

「少しよろしいですか」

ある日、篤姫があらたまった様子で話しかけてきた。西郷は内心でみがまえる。

「もし、万が一、実家と婚家《こんか》とが争うことになったら、私《わたし》はどちらの味方につけばいいのでしょうか。もちろん、私の役割《やくわり》は理解《りかい》しています。そうなってしまったら、私の責任《せきにん》です。そのうえで、どうふるまえばいいのでしょうか」

「むずかしい問題ですね」

郷中教育《ごじゅう》では、そのような問題をよく話し合っていた。西郷《さいごう》は少年の日をなつかしく思い出した。

「ご自分のなさりたいようになされればいいと思います」

篤姫《あつひめ》が眉《まゆ》をひそめたので、西郷は説明した。

「どちらの義《ぎ》を通すのも、立派《りっぱ》なことではないでしょうか。ただ、情勢《じょうせい》を見て、あっちにつき、こっちにつき、では誠意《せいい》がないとみなされます。ご自身が望ましいほうを定めてつらぬけばよろしいでしょう」

「そなたは薩摩藩《さつまはん》の人間です。実家のためにつくせと言うべきではありませんか」

「それもまたひとつの考え方でございます。ですが、今は私《わたし》であればどうするか、と考えて、お伝えしました」

ほう、と篤姫はうなずいた。その日から、姫は少しずつ心情《しんじょう》をもらすようになった。

気丈《きじょう》な篤姫は気持ちを直接《ちょくせつ》は言わないが、西郷にも見当がつくようになった。不安は大《お》奥《おく》での生活よりも、自分の役割《やくわり》を果たせないのではないか、という点にあるようだ。大名家に生まれた娘《むすめ》として、政略《せいりゃく》のために嫁《とつ》ぐのは仕方ない。だが、病弱だという相手のうわさを聞くと、期待されている子供《こども》は無理そうだ。それどころか、早くに亡《な》くなってしまうかもしれない。そのあと、自分は何をすればいいのだろう。

将軍《しょうぐん》の結婚《けっこん》相手に、と島津《しまづ》家で決められてから二年、待つ年月は長すぎた。正式に認《みと》められた喜びは大きいが、たまってきた不安もまた大きい。

大奥《おおおく》はまったく知らない世界であるから、西郷《さいごう》に助言はできなかった。ただ話を聞いて、二言、三言、はげますだけだ。それがどれだけ効果《こうか》があったか、わからない。篤姫《あつひめ》は表《ひょう》情《じょう》を変えないまま、嫁いでいった。

篤姫が不安に思うのは当然だっただろう。

斉彬《なりあきら》は、将軍家定《いえさだ》と篤姫の縁組《えんぐみ》を進めると同時に、家定の後継者《こうけいしゃ》について策《さく》をめぐらせていた。結婚式の準備《じゅんび》をしながら、葬式《そうしき》の相談をするようなものだが、将軍のことならば仕方がない。だれが将軍になるか、というのは、国全体の将来がかかった問題である。そもそも、篤姫を嫁がせるのも、後継《あとつ》ぎを望んでのことだ。

もともと、病弱な家定《いえさだ》が将軍《しょうぐん》になるときも反対の声が多かった。家定は人前に出たり、話したりするのがひどく苦手だったので、将軍の仕事が果たせるか疑問《ぎもん》であった。子供《こども》をつくれるかどうかも心配である。

将軍に男子がいない場合、幕府《ばくふ》の決まりで、尾張《おわり》、紀州の徳川《とくがわ》家や、田安、一橋《ひとつばし》、清水の御三卿《ごさんきょう》から、養子を迎《むか》えることになる。

家定にかわる候補《こうほ》としてあげられたのは、一橋慶喜《よしのぶ》であった。一橋家に養子に入っているが、水戸藩《はん》の徳川斉昭《なりあき》の息子《むすこ》である。幼《おさな》いころから、文武両道《ぶんぶりょうどう》の秀才《しゅうさい》として将来を期待されていた。

先代の家慶《いえよし》も慶喜を高く評価《ひょうか》しており、「慶」の字を与《あた》えてかわいがった。養子にしようと考えていたという。

しかし、家慶の急死によって将軍になったのは家定であり、後継《あとつ》ぎの問題は先送りされたかたちになった。

西郷《さいごう》は水戸藩士たちと仲がよく、たびたび政治《せいじ》について話し合っていたので、何度となく頼《たの》まれた。

「一橋慶喜《よしのぶ》様を次の将軍《しょうぐん》に推薦《すいせん》するよう、島津《しまづ》様にお願いしてくれ」

斉彬《なりあきら》はもともと慶喜を将軍に、と望んでいる。水戸藩士《はんし》の頼《たの》みを伝えると、斉彬は軽く眉《まゆ》をひそめた。

「むろん、そのつもりだ。水戸や福井と協力して工作を進めている。しかし、わざわざ言ってくるとは、水戸藩もかなり困《こま》っているようだな」

「はい。藤田《ふじた》先生が亡《な》くなってから、藩士たちをまとめる者がいなくなり、混乱《こんらん》している様子です」

「なるほどな」

斉彬は目を光らせた。水戸藩は同志《どうし》だが、過激《かげき》な尊皇攘夷派《そんのうじょういは》が多く、公武《こうぶ》合体をめざすうえではいずれ敵《てき》にまわると考えられる。

「今後も報告《ほうこく》を頼む」

攘夷か開国かで言えば、斉彬は開国派だ。外国と本気で戦って勝つのはむずかしい。だが、言いなりに通商条約《じょうやく》を結ぶのではなく、きちんと交渉《こうしょう》して不利でない条約を結びたいと考えている。

西郷《さいごう》も主君と同じように考えているが、攘夷派《じょういは》の者たちとも気が合って、よく話をしている。それが人徳《じんとく》というものだろうか。

慶喜《よしのぶ》と次期将軍《しょうぐん》の地位を争っているのは、紀州藩主《はんしゅ》の徳川慶福《とくがわよしとみ》である。弘化《こうか》三年（西暦《せいれき》一八四六年）生まれでまだ若《わか》いが、家定《いえさだ》のいとこにあたり、血筋《ちすじ》からすると将軍となるにもっともふさわしい。慶福を主に支持《しじ》するのは、譜代大名《ふだいだいみょう》すなわち古くからの徳川家臣であった。

慶喜派の有利な点は、老中の筆頭である阿部正弘《あべまさひろ》を味方につけていることだった。家定は慶喜を嫌《きら》っているというが、政治《せいじ》の実権《じっけん》をにぎっているのは阿部だ。家定の寿命《じゅみょう》はいつつきるのか。両派はその日のために、工作をつづけている。

安政《あんせい》四年（西暦一八五七年）、斉彬《なりあきら》はいったん薩摩《さつま》へ帰国する。西郷もこれに同行し、三年ぶりに鹿児島《かごしま》の土をふんだ。

# 4

久《ひさ》しぶりの鹿児島《かごしま》の町は、記憶《きおく》にあるより明るく、華《はな》やいでいるように思えた。斉彬《なりあきら》は藩主《はんしゅ》となって以来、強力に近代化をおしすすめている。新たな産業をおこし、国を富《と》ませて、武器《ぶき》をそろえ、兵をきたえる。それが斉彬の方針《ほうしん》だ。

大砲《たいほう》はもちろん、すでに西洋式の軍艦《ぐんかん》や、蒸気船《じょうきせん》まで自力で製造《せいぞう》していた。軍艦には日の丸の旗がひるがえっている。日本の船につける旗を定めるとき、幕府《ばくふ》は斉彬の案を採用《さいよう》して日の丸を選んだ。これがのちに、国旗となる。

軍備増強《ぐんびぞうきょう》だけではない。薩摩切子《さつまきりこ》と呼《よ》ばれるガラス細工をつくらせたり、ガス灯を導入《どうにゅう》しようとしたり、塩田を開発させたりと、斉彬は様々な面で新たな事業に取り組んでいる。

「活気があっていいことだ」

西郷《さいごう》は目を細めて、大久保《おおくぼ》に語りかけた。久《ひさ》しぶりに会う友は、少しやせたようで、長身がきわだっている。口ひげは見事に整えられて、だいぶ見栄えがよくなっている。

「ああ、やはり斉彬《なりあきら》様は偉大《いだい》な藩主《はんしゅ》だ」

たたえてから、大久保はつけくわえた。

「大局を見て将来《しょうらい》にそなえる点で、あれ以上の方はいない」

「不満もありそうだな」

「不満はない。少し心配している」

斉彬は先のことばかり考えて、足もとを見ないところがある、と大久保は言う。江戸《えど》にいるときは、国もとの政治《せいじ》は家老たちに任《まか》せるものだが、斉彬は行きすぎに思える。産業の発展《はってん》にしか関心をもっていない。

「国もとには、相変わらず金の使いすぎだと批判《ひはん》する者がいる。例のうわさも、根拠《こんきょ》のないことではない」

「ああ、あのときは心配だった」

西郷は太い眉《まゆ》をゆがめた。三年前、斉彬と幼《おさな》い息子《むすこ》が病に倒《たお》れた。斉彬は回復《かいふく》したが、息子《むすこ》は助からなかった。このとき、お由羅《ゆら》の方をはじめとする久光派《ひさみつは》が毒をもったのではないかというううわさが流れたのだ。これを機会にお由羅の方に何らかの処分《しょぶん》を与《あた》えるべきだと西郷《さいごう》らは主張《しゅちょう》したが、斉彬《なりあきら》は聞き入れなかった。

「ここのところ、斉興《なりおき》様の屋敷《やしき》に人の出入りが多いそうだ。何かたくらんでいるかもしれぬ」

隠居《いんきょ》した斉興はいまだに斉彬の政治《せいじ》を批判《ひはん》している。近代化につとめていることも、幕《ばく》府《ふ》の政治にかかわっていることも、やることなすことすべてが気に入らないらしい。

「暗殺も充分《じゅうぶん》に考えられる。おぬしからも、身辺に気をつけるよう申し上げてくれ」

「心得た」

西郷の返答に元気がなかったので、大久保《おおくぼ》は心配そうに首をかたむけた。

西郷の目から見た斉彬は尊敬《そんけい》すべき名君だが、欠点もある。

身の回りのことや、人事面に関する進言を聞いてくれないのだ。細かいことを考えるのが面倒《めんどう》くさいらしい。国もとの権力《けんりょく》争いについて注意をうながしても、見込《みこ》んだ人物を推薦《すいせん》しても、後回しにされてしまう。大久保が取り立てられるにも、ずいぶんと時間がかかった。

おおむね、大久保《おおくぼ》がいだいている印象と共通している。これは、斉彬《なりあきら》という人の本質《ほんしつ》であって、簡単《かんたん》に変わらないのではないか。

「ところで、江戸《えど》はどういう町だった？」

「それはにぎやかな場所だ。だけど、早く鹿児島《かごしま》に帰りたいとも思っていた」

「おれも一度行ってみたいな。水戸や福井の者たちとも話がしたい」

西郷《さいごう》は各地の仲間たちに大久保を紹介《しょうかい》することを約束した。これからは、藩《はん》をまたいだ人と人とのつながりが大切になってくる。

西郷が鹿児島に帰ってからしばらくして、江戸から急使がやってきた。老中の阿部正弘《あべまさひろ》が亡《な》くなったという。数えで三十九歳《さい》の若《わか》さであった。

斉彬にとっては痛手《いたで》である。幕府《ばくふ》のなかで一番の味方が世を去ってしまったのだ。次の将軍《しょうぐん》の地位をめぐる争いは、慶喜派《よしのぶは》が一歩後退《こうたい》したと言える。

「すぐにでも江戸に行きたいところだが……」

江戸からもたらされる数々の情報《じょうほう》を聞いて、斉彬は気が気でない様子だ。西郷も知り合いと手紙のやりとりをして、状況《じょうきょう》が厳《きび》しくなってきているのを感じていた。

やがて、斉彬《なりあきら》は西郷《さいごう》を呼《よ》んだ。

「江戸詰《えどづめ》を命じる」

斉彬のかわりに、慶喜《よしのぶ》を将軍《しょうぐん》につけるための交渉《こうしょう》や工作をしてこい、ということであった。徒目付《かちめつけ》という役職《やくしょく》が与《あた》えられた。西郷の身分やこれまでの地位からすると、大抜擢《だいばってき》と言ってよい。

「御意《ぎょい》にございます」

応《おう》じる声がわずかにふるえた。絶大《ぜつだい》な信頼《しんらい》に、何としても応《こた》えたい。

西郷は半年とたたないうちに鹿児島《かごしま》を後にすることになった。同じ徒目付に任《にん》じられた大久保《おおくぼ》が熊本《くまもと》まで見送ってくれた。

江戸に舞《ま》い戻《もど》った西郷は、福井藩《はん》と協力して、慶喜派《は》の勢力《せいりょく》を伸《の》ばすべくつとめた。西郷が頼《たよ》ったのは篤姫《あつひめ》である。

大奥《おおおく》は将軍以外の男はほとんど入れない、特殊《とくしゅ》な世界だ。将軍の妻《つま》である篤姫が一番えらいはずだが、権力《けんりょく》争いが激《はげ》しく、すべてが篤姫の思いどおりになるわけではない。それでも、将軍《しょうぐん》に対して影響力《えいきょうりょく》をもつ大奥《おおおく》を味方にできれば大きい。西郷《さいごう》は篤姫《あつひめ》に手紙を書いて頼《たの》んだ。

「姫様のお力で、慶喜《よしのぶ》様を後継《あとつ》ぎとするようすすめていただけないでしょうか」

薩摩藩《さつまはん》だけの利益《りえき》を願っているのではない。将軍家のために、日本のために、将軍慶喜が必要なのだ。

その説得が利いたのか、大奥でも徐々《じょじょ》に慶喜派《は》が広がってきた。阿部正弘《あべまさひろ》の死を乗りこえて、慶喜派の勝利も近いかと思われた。

安政《あんせい》五年（西暦《せいれき》一八五八年）三月、西郷は京にのぼった。篤姫の書状《しょじょう》を近衛《このえ》家に届《とど》ける用であったが、そこに会うべき人物がいた。

月照《げっしょう》という尊皇攘夷《そんのうじょうい》派の僧《そう》である。京を拠点《きょてん》に公家のあいだをまわって、尊皇攘夷の思想を説いている。今は、慶喜を将軍にするため、朝廷《ちょうてい》の意見をまとめようとこころみていた。

「江戸《えど》での首尾《しゅび》はいかがかな」

月照《げっしょう》は四十代の後半になるが、鼻が高くて眼光《がんこう》がするどく、いかにもひとくせありそうな人物だ。

「まずは順調と言ってよいでしょう。大奥《おおおく》と朝廷《ちょうてい》、このふたつをおさえれば、将軍《しょうぐん》といえど、勝手はできません。ただ、老中のなかにひとり、気になる男がおります」

「井伊直弼《いいなおすけ》かな」

さよう、と西郷《さいごう》は重々しくうなずいた。その名は京にも鳴りひびいている。彦根藩主《ひこねはんしゅ》の井伊直弼は、次期将軍に慶福《よしとみ》をおしており、また斉彬《なりあきら》のような外様《とざま》大名が幕府《ばくふ》の政治《せいじ》に口を出すことを苦々しく思っている。声が大きく、反対派《はむ》を無視《し》して強引《ごういん》に事を進めるところがあるので、警戒《けいかい》しなくてはならない。

月照は言う。

「あの男は朝廷に対する礼儀《れいぎ》がなっておらぬ。幕府は朝廷から政権《せいけん》をあずけられているだけなのに、それがわかっていないのだ。あのような男がいるならなおさら、日本古来の朝廷中心の政治に戻《もど》さなくてはならん」

「まことにそのとおり」

西郷《さいごう》は微笑《びしょう》した。月照《げっしょう》はやや気持ちのはやるところがあるが、知識《ちしき》は豊富《ほうふ》で、行動力にあふれている。このような人物が活躍《かつやく》してこそ、変革《へんかく》が起こるにちがいない。

一方の月照も、西郷に向ける瞳《ひとみ》には信頼《しんらい》の気持ちがこもっていた。西郷は単なる斉彬《なりあきら》の使い走りではない。人の話をよく聞くし、自分の意見も話せる。各地の志士《しし》、すなわち志《こころざし》をもった人々のあいだで、西郷の名は高まりつつあった。

月照と西郷の目的は、天皇《てんのう》から、慶喜《よしのぶ》を将軍《しょうぐん》にせよ、との命令を受けとることであったが、それは難《むずか》しそうであった。とはいえ、さすがに天皇の御座所《ござしょ》だけあって、尊皇攘夷《そんのうじょうい》思想は予想以上の広がりを見せている。

先日も、幕府《ばくふ》が日米修好《しゅうこう》通商条約《じょうやく》の承認《しょうにん》をもとめたとき、朝廷《ちょうてい》はすぐに返事をしなかった。これまでとはちがう態度《たいど》が幕府をいらだたせているという。ただ、西郷は無謀《むぼう》な攘夷には疑問《ぎもん》をもっていた。国力を高めて外国に対抗《たいこう》することを考えるべきだろう。

用を終えて、西郷は江戸《えど》に戻《もど》った。ほどなくして、西郷のもとにおどろくべき知らせがまわってきた。

「あの井伊《いい》直弼《なおすけ》が大老になった、だと」

西郷《さいごう》をはじめとする薩摩藩《さつまはん》の志士《しし》は、顔を見合わせて、互《たが》いのおどろきと困《こま》った表情《ひょうじょう》を確認《かくにん》し合った。

大老というのは、臨時《りんじ》におかれる幕府《ばくふ》で最高の役職《やくしょく》である。老中が数人いるのに対し、その上の大老はひとりだ。さらにえらいのは将軍《しょうぐん》だけになるので、権力《けんりょく》は大きい。将軍に政治《せいじ》の意欲《いよく》や能力《のうりょく》がないならなおさらである。

しかも、今回の人事は、将軍が直接《ちょくせつ》命じたのだという。本当かうそかはわからないが、そういううわさが流れているそうだ。井伊直弼《いいなおすけ》が自分で流したのかもしれない。

西郷は急いで書状《しょじょう》をしたため、国もとの斉彬《なりあきら》に送った。慶喜派《よしのぶは》はこの緊急事態《きんきゅうじたい》に対応《たいおう》するべく、上も下もあわてて話し合っている。

ほどなくして、西郷は福井藩《はん》から呼《よ》び出しを受け、藩主松平慶永《よしなが》から斉彬への書状をあずかった。使い立てされるのは、信用されているからである。西郷はすぐに鹿児島《かごしま》へ向かって旅立った。

# 5

西郷《さいごう》は途中《とちゅう》の京で、月照《げっしょう》と話した。月照もまた、井伊《いい》直弼《なおすけ》の大老就任《しゅうにん》に強い衝撃《しょうげき》を受けていた。

「反対する者を片《かた》っ端《ぱし》から捕《と》らえて首を斬《き》る。あやつならそれくらいはやりかねん。西郷殿《どの》も充分《じゅうぶん》に注意なされ。しばらくは表に出ぬがよい」

「私《わたし》はともかく、まずはお屋形様が罰《ばっ》せられるようなことがないよう、努力しなければなりません。万が一のことがあれば、日本は光を失ってしまいます。月照殿も御身《おんみ》を大切になさってください。あなたのお名前は江戸《えど》まで聞こえていましたから、井伊の手が伸《の》びてもおかしくありません」

月照は大口を開けて、豪快《ごうかい》に笑った。

「拙僧《せっそう》は仏《ほとけ》と朝廷《ちょうてい》に仕える身だ。大いなる目的のために、ちっぽけな命などかまってはおれぬ」

西郷《さいごう》も笑みを返した。

「ならば私《わたし》も、お屋形様と薩摩藩《さつまはん》に仕える身でございます。我《わ》が身大事で隠《かく》れるなどもってのほかです」

「これはしてやられたな。では、大老などおそれず、この道をつらぬこうぞ」

月照《げっしょう》と会えてよかったと思った。この僧《そう》の豪快《ごうかい》な笑い声を聞くと、勇気がわいてくる。ひとりなら、考えすぎて身動きがとれなくなったかもしれない。

月照と笑顔で別れて、西郷は鹿児島《かごしま》へ急いだ。

六月のはじめに鹿児島に着いて、待ちわびていた斉彬《なりあきら》に松平慶永《よしなが》からの書状《しょじょう》を届《とど》ける。さらに、江戸《えど》と京の状況《じょうきょう》を報告《ほうこく》した。

書状を読んだ斉彬の表情《ひょうじょう》はさえなかった。

「西郷よ、そなたはどうすべきだと考えるか」

「大老のやり口を見ておりますと、今ごろはもう、後継《あとつ》ぎは決まっているかもしれません」

西郷は悲観的にならぬよう、腹《はら》から声を出した。斉彬が軽く眉《まゆ》をあげる。

「うむ、わしもそう思うが、その様子だと対抗策《たいこうさく》がありそうだな」

「対抗できるかどうかはわかりません。ですが、今の状況《じょうきょう》ではお屋形様が処分《しょぶん》されるおそれが強いかと思われます。ならば、我《われ》らの覚悟《かくご》を見せることも一考に値《あたい》するかと」

「覚悟とな……」

西郷《さいごう》は姿勢《しせい》を正して、申し上げた。

「兵をひきいて京に入り、天皇陛下《てんのうへいか》をお守りする意思をあらわすのです。そうすれば、尊《そん》皇《のう》の志《こころざし》をもつ諸藩《しょはん》も行動をともにしてくれるはずです。西洋式の武装《ぶそう》を取り入れた軍と、朝廷《ちょうてい》の力があれば、幕府《ばくふ》を動かせます」

斉彬《なりあきら》は考えこんだ。予想していたとはいえ、西郷の提案《ていあん》は剛胆《ごうたん》なものだった。ただ、武《ぶ》力《りょく》は使うが、幕府を倒《たお》そうとするのではない。井伊直弼《いいなおすけ》を除《のぞ》き、慶喜《よしのぶ》を将軍《しょうぐん》の位につければ、幕府をふくめた新しい体制《たいせい》ができる。

「……いつでも軍を出せるよう、準備《じゅんび》をしておこう」

言葉は慎重《しんちょう》であったが、斉彬の瞳《ひとみ》には決意の色があった。

「そなたはしばらく休め。十日ほどしたら、返書をもって発ってもらう」

「御意《ぎょい》にございます」

西郷《さいごう》としては、出兵するのであれば、斉彬《なりあきら》の側にいたい。しかし、福井や水戸に行動をともにするよう説得したり、公家と話をつけたりするのは、顔の広い西郷にしかできない仕事だ。自分の役割《やくわり》を果たさなければならない。

弟や妹と会い、大久保《おおくぼ》と天下について話しているうちに、十日はあっという間に過《す》ぎた。

「必ず、帰ってこいよ」

真顔で言う大久保に、西郷は笑顔を返した。

「お屋形様を頼《たの》むぞ」

暑い日であった。せみの声を聞きながら、西郷は歩き出した。


七月七日、西郷は大坂に入り、仲間の藩士《はんし》から最初の悪い知らせを受けとった。幕府《ばくふ》は、徳川慶福《とくがわよしとみ》を正式に次の将軍《しょうぐん》に定めたとのことだ。慶喜《よしのぶ》派《は》は敗れた。大老井伊直弼《いいなおすけ》の意思によることはまちがいなかろう。

さらに幕府は、朝廷《ちょうてい》の許《ゆる》しを得ずに、日米修好《しゅうこう》通商条約《じょうやく》を結んだという。朝廷をひどく軽んじていると、尊皇攘夷派《そんのうじょういは》の志士《しし》たちは怒《いか》りをあらわにしている。

「おそれていたとおりに事が進んでいる。やはり出兵せずにはすまないな」

西郷《さいごう》は大坂と京とを往復《おうふく》して情報《じょうほう》を集め、根回しに走った。手応《てごた》えはあったが、江戸《えど》からさらなる凶報《きょうほう》が入ってきた。幕府《ばくふ》は水戸の徳川斉昭《とくがわなりあき》、福井の松平慶永《よしなが》など、慶喜派《よしのぶは》の大名に謹慎《きんしん》や隠居《いんきょ》を命じたという。慶喜本人にも、江戸城《えどじょう》への立ち入りを禁《きん》じた。

これで、斉彬《なりあきら》の命運も決した。身内にひとしい斉昭や慶永が処分《しょぶん》されるのだから、外様《とざま》の斉彬が無事ですむはずがない。国もとからは、斉彬が大規模《だいきぼ》な軍事訓練をおこなったという情報が入ってきた。これは軍を動かす準備《じゅんび》のひとつだ。

「いよいよ、正念場だ」

そう思うと、心が静かになった。

だから、将軍家定《しょうぐんいえさだ》が亡《な》くなったという急報《きゅうほう》も、平然と受けとめられた。後継者《こうけいしゃ》を定めたとたんに死ぬとは、あまりに都合がよい話だが、家定は病弱でいくども死の危機《きき》があったから、何が起こったのかはわからない。

その結果、慶福《よしとみ》が第十四代将軍となり、改名して家茂《いえもち》と名乗った。篤姫《あつひめ》は大丈夫《だいじょうぶ》だろうか、と西郷《さいごう》は思ったが、大奥《おおおく》にはどうやっても手がとどかない。薩摩《さつま》が兵をあげたら、幕《ばく》府《ふ》は篤姫《あつひめ》を人質《ひとじち》にするのではないか。そんな想像も浮《う》かんだが、幕府にも誇《ほこ》りがあるはずだ。いくら井伊直弼《いいなおすけ》でも、そこまで非道《ひどう》な手段《しゅだん》は使うまい。

西郷は鹿児島《かごしま》からの挙兵の連絡《れんらく》を待った。

しかし、その連絡はついに届《とど》かなかった。

かわりに届いたのは、天地が逆転《ぎゃくてん》したかのような悲報《ひほう》であった。

「うそだ!」

西郷は思わず叫《さけ》んでいた。いつものおだやかな姿《すがた》はそこにはなかった。こぶしをにぎりしめ、目に涙《なみだ》を浮かべて、ただ感情《かんじょう》のおもむくままに怒鳴《どな》っていた。

使いの者が低い声で報告《ほうこく》する。

「たしかな情報《じょうほう》でございます。お屋形様は七月十六日に流行《はや》り病にて亡《な》くなりました。次の藩主《はんしゅ》は忠義《ただよし》様、江戸《えど》に滞在《たいざい》されている斉興《なりおき》様にも知らせが行っておりますゆえ、急ぎ帰国なさるでしょう。今後は……」

「もういい」

西郷《さいごう》は口上をさえぎった。信じられなかった。ついこのあいだ、兵の訓練をしたばかりではないか。斉彬《なりあきら》が病に倒《たお》れることはこれまでもあった。そのたびに克服《こくふく》してきたではないか。簡単《かんたん》に死ぬはずがない。

しかも、この大事な時期である。当然、挙兵はたなあげだ。後を継《つ》ぐ忠義《ただよし》は久光《ひさみつ》の息子《むすこ》で、斉彬の甥《おい》にあたる。斉彬の娘《むすめ》を妻《つま》に迎《むか》えて、養子縁組《えんぐみ》を結んでおり、後を継ぐのは斉彬の意思でもあった。だが、まだ十代の若者《わかもの》であり、藩政《はんせい》は祖父《そふ》の斉興《なりおき》や父の久光が補佐《ほさ》することになろう。斉興は斉彬の政策《せいさく》にすべて反対していたから、政治《せいじ》はがらりと変わるにちがいない。

「まさか、本当に暗殺……」

西郷の背《せ》を悪寒《おかん》が走った。大久保《おおくぼ》の言葉が思い出される。斉興は出兵を防《ふせ》ぎ、政治の実権《けん》を取りもどすため、息子を殺したのかもしれない。鹿児島《かごしま》には前の久光派《は》も多いから、工作はむずかしくない。

だが、そう考えても、怒《いか》りはわき出てこなかった。深い悲しみが、西郷の全身にまとわりついていた。体がひどく重く、頭にはもやがかかったようだった。

飯はいらぬ、と宿の者に告げて、西郷《さいごう》は横になった。目を閉《と》じたが、眠《ねむ》れそうにはない。

それでも、目を開けたくはなかった。

気がつくと、枕《まくら》もとにだれかがすわっていた。

「だれか知らぬが、おれを殺してくれ」

西郷は希望を失ってやけになっていた。斉興《なりおき》のもとで、今の仕事がつづけられるはずがない。ここまで築《きず》きあげていた人脈も信用も意味がなくなってしまった。斉彬《なりあきら》とともにあったのだから、斉彬に殉《じゅん》じて死ぬのが正しい道であろう。

相手が口を開いた。

「僧《そう》に殺生《せっしょう》を頼《たの》むのか」

妙《みょう》に明るい声は月照《げっしょう》のものだった。様子を見に来てくれたのだ。だが、西郷はすなおに礼が言えなかった。おそらく、生まれてはじめてのことだっただろう。

「あなたに私《わたし》の気持ちはわかりませぬ」

「それはまちがいないな」

月照《げっしょう》は嫌味《いやみ》にならない程度《ていど》に笑った。

「そして、西郷殿《さいごうどの》には拙僧《せっそう》の気持ちがわからない。それをお伝えしよう」

西郷の顔をのぞきこんで、月照は言う。

「拙僧は天下国家のために、西郷殿を死なせたくない。おぬしのように才ある人には、もっと生きて、国のためにつくしてほしいのだ」

「買いかぶりです」

「かもしれぬ。だが、西郷殿が斉彬《なりあきら》様に夢《ゆめ》を見たように、拙僧は西郷殿に夢を見ているのだ。この世を変えてくれるという夢を。斉彬様の遺志《いし》を継《つ》ぐ者は、おぬししかいない」

西郷はしばしの沈黙《ちんもく》のあと、ゆっくりと立ち上がった。

「……薩摩《さつま》へ帰ります。斉彬様の葬儀《そうぎ》に行かなければなりません」

「動く気になったのはいいことだが、行き先は江戸《えど》にしてくれないかな」

西郷は眉《まゆ》をひそめた。

「朝廷《ちょうてい》から水戸藩《はん》に密書《みっしょ》が下されるそうだ。幕府《ばくふ》の政治《せいじ》を非難《ひなん》する内容《ないよう》だ。それを届《とど》けに行ってほしい」

西郷《さいごう》はふっと笑った。

「心得ました。江戸《えど》に参りましょう」

朝廷《ちょうてい》からの依頼《いらい》であれば、断《ことわ》るわけにはいかない。西郷としては、殉死《じゅんし》の時期を先にのばすだけのつもりであった。

## 6

水戸藩邸《はんてい》の門はかたく閉《と》ざされていた。十人を超《こ》える幕府《ばくふ》の役人が前に陣取《じんど》って、出入りしようとする者を取り調べている。井伊直弼《いいなおすけ》に反対する勢力《せいりょく》がまとまるのを警戒《けいかい》しているのだ。

塀《へい》の陰《かげ》から様子をうかがって、西郷はため息をついた。

「これでは、飛んで火に入る夏の虫だな」

朝廷から水戸藩に密書《みっしょ》が下された、と幕府に知られたら、やっかいなことになる。危険《きけん》をおかすのはさけるべきだ。

藩邸《はんてい》のまわりを半周してみたが、中に入れる場所はなさそうだった。門だけでなく、塀《へい》の前にも役人が立って見張《みは》っている。朝廷《ちょうてい》からの書状《しょじょう》を投げこむわけにもいかないから、届《とど》けるのはむずかしい。

そういうときは無理をせずに引き返せという指示《しじ》を受けている。西郷《さいごう》は仕方なく、京へと戻《もど》った。

京と江戸《えど》を往復《おうふく》するあいだに、事態《じたい》はさらに悪化していた。井伊直弼《いいなおすけ》に反対する者たちは、大名から一介《いっかい》の藩士まで次々と処分《しょぶん》されていく。大名は謹慎《きんしん》だが、藩士は牢獄《ろうごく》につながれたり、島流しになったり、死刑《しけい》になったりと、重い罰《ばつ》が与《あた》えられた。これを、安政《あんせい》の大獄《たいごく》という。

月照《げっしょう》から話を聞いた西郷はいきどおった。

「当初の計画どおり、諸藩《しょはん》の兵を集めて、朝廷をお守りすべきではないでしょうか」

「拙僧《せっそう》もそう思うが、朝廷には弱腰《よわごし》の方もいらしてな」

月照は深く息をはいた。めずらしいことだ。

「拙僧《せっそう》にも追っ手がかかったらしい」

「では、すぐに逃《に》げなければ」

西郷《さいごう》は腰《こし》を浮《う》かしかけたが、月照《げっしょう》は制《せい》した。

「拙僧は逃げも隠《かく》れもせぬよ。正々堂々と申し開きをしてやろう」

それでも、と西郷は言いかけたが、月照の気持ちもよくわかったので、説得の言葉を飲みこんだ。

しかし結局、月照の望みはかなえられなかった。月照は親しくしている公家から、西郷とともに薩摩《さつま》に逃《のが》れてかくまってもらうようすすめられたのだ。

「西郷殿《どの》、月照殿を頼《たの》む。追っ手はすでに京に入っているそうだから、一刻《いっこく》も早く出発してくれ」

「かしこまりました」

「おい、拙僧はまだ承知《しょうち》していないぞ」

わめく月照をかかえるようにして、西郷は公家の屋敷《やしき》を出た。大きな道をさけ、路地をつたって京から大坂へ向かい、船に乗って薩摩をめざす。

船が下関に着いたところで、西郷《さいごう》は根回しのために先に向かった。月照《げっしょう》は友人の平野国《くに》臣《おみ》とともに、遅《おく》れてついてくる。平野国臣は福岡藩《ふくおかはん》の出身で、熱烈《ねつれつ》な尊皇攘夷《そんのうじょうい》の志士《しし》である。古い物好きで、平安時代のような烏帽子《えぼし》がお気に入りであった。外見は奇妙《きみょう》だが、剣《けん》の腕《うで》はたしかで頼《たよ》りになる。

鹿児島《かごしま》に帰った西郷は、久光《ひさみつ》に目通りした。藩主《はんしゅ》は忠義《ただよし》だが、実父の久光が後見人として、政治《せいじ》を任《まか》されている。さらにその上に、元の藩主の斉興《なりおき》がいるのだが、斉興には話しても無駄《むだ》だろう。

「西郷か。ご苦労だったな。命令があるまで休んでおれ」

同じ「休め」でも、斉彬《なりあきら》が言うのと久光が言うのでは、意味がちがう気がする。二度と命令は与《あた》えられないのではないか。

「今日はひとつお願いがあって参りました。かくまってほしい者がおりまして……」

「みなまで言うな」

久光は途中《とちゅう》でさえぎった。

「わしは兄上と同じ考えをもっている。つまり、公武《こうぶ》合体の政権《せいけん》をたてることこそ、薩摩《さつま》藩《はん》の生き残る道だ」

西郷《さいごう》は一瞬《いっしゅん》、喜んだ。それなら、わかってもらえそうだ。しかし、久光《ひさみつ》の表情《ひょうじょう》を見て、喜びはしぼんでしまった。どことなく陰《かげ》があって、悪だくみをしているように思える。

久光は薄《うす》く笑った。

「だから、今は幕府《ばくふ》の機嫌《きげん》をとっておきたいのだ。攘夷派《じょういは》の志士《しし》などにかかわるつもりはない」

「幕府に知られぬように保護《ほご》すれば、朝廷《ちょうてい》の信頼《しんらい》を得られます。公武《こうぶ》合体をめざすなら、それこそが重要ではありませんか」

西郷が説得をはじめると、久光はうるさいとばかりに手をふった。

「ひかえろ。そなたも追われる身なのだぞ。引き渡《わた》せと言われないのは、身分が低いからだ。名前を変えて、しばらくおとなしくしておれ」

西郷は仕方なく引き下がった。

藩主が替《か》わって遠ざけられるのは予想どおりだが、何もできない自分がくやしい。藩の命令に反してでも、月照《げっしょう》をかくまうべきだろうか。なやんでいると、大久保《おおくぼ》がたずねてきた。

「今はこらえるのだ。短気を起こすと、だれも救えなくなるぞ」

「ありがとう」

忠告《ちゅうこく》に感謝《かんしゃ》して、西郷《さいごう》は微笑《びしょう》した。本来、短気なはずの大久保《おおくぼ》に言われるのがおもしろい。

そのころ、月照《げっしょう》と平野国臣《くにおみ》はこっそりと鹿児島《かごしま》に入っていた。ある寺にかくまわれていたのだが、密告《みっこく》があってばれてしまった。

「日向送《ひゅうがおく》りにせよ」

久光《ひさみつ》は冷たく命じた。薩摩藩《さつまはん》で日向国（今の宮崎県《みやざきけん》）に送れというのは、単に追放ではなく、途中《とちゅう》で殺せという意味である。しかも、その任務《にんむ》は西郷に与《あた》えられた。藩への忠《ちゅう》誠心《せいしん》を試しているのだ。

西郷は傷《きず》ついていた。意見が通らないことも、うたがわれることも悲しい。もし、自分が連れてきたのではなかったら、月照は助けられたかもしれない。

つい数カ月前の高ぶった気持ちは一変し、世界は灰色《はいいろ》につつまれていた。きっかけはやはり、斉彬《なりあきら》の死だった。真の主君がいなくなれば、家臣は行き場を失うのが当然だ。しかも、久光は明らかに西郷を嫌《きら》っていた。それは久光たちが斉彬を暗殺したからではないだろうか。だとすれば、敵《てき》が支配《しはい》している薩摩藩《さつまはん》に仕えていていいのか。最初に考えたように、後を追うべきだろう。斉彬《なりあきら》が道をしめしてくれたから、前に進むことができたのだ。これ以上生きていても、何をすればよいかわからない。

そう思った次の瞬間《しゅんかん》には、否定《ひてい》する気持ちもわいてくる。自分が死ねば、斉彬のやってきたことが無駄《むだ》になってしまうのではないか。斉彬の理想を実現《じつげん》するために努めるべきではなかろうか。だが、理想があっても、現実の自分はどうしようもなく無力だ。尊敬《そんけい》する友人を殺せと言われて、逆《さか》らうこともできない。

気持ちの整理がつかぬまま、西郷《さいごう》は月照《げっしょう》をともなって、日向《ひゅうが》行きの舟《ふね》に乗った。日が暮《く》れてからの出発である。星明かりの空の下、黒々とそびえる桜島《さくらじま》を見ながら、舟はゆったりと進む。

「月照殿《どの》、申し訳《わけ》ございませぬ」

西郷は謝《あやま》っただけで、なかなか言い出せなかった。

「いや、こちらこそ無理をさせてしまったな」

普段《ふだん》は口数の多い月照だが、この夜は物静かであった。右手にはずっと数珠《じゅず》をつかんでいる。

「西郷殿《さいごうどの》が謝《あやま》ることではない。久光《ひさみつ》が悪い」

平野国臣《くにおみ》がこぶしをかためた。

「だから、日向《ひゅうが》に着いたら、おれは月照《げっしょう》殿を連れて逃《に》げるぞ」

福岡藩《ふくおかはん》出身の平野は、日向送りの意味を知っているようだ。

「それがよろしいでしょう」

西郷は顔をあげずに同意した。月照を自分の手にかける気にはどうしてもなれない。逃げられたら罰《ばっ》せられるだろうが、それは受け入れるしかない。あるいはいっしょに逃げるか。

「西郷殿、拙僧《せっそう》を殺せと言われているのか」

月照が澄《す》んだ瞳《ひとみ》を西郷に向ける。

西郷はすぐには返事ができなかったが、それが答えになった。

「そうか。迷惑《めいわく》はかけられない。ちと早いが、ここでお別れしよう」

月照は海に視線《しせん》を向けた。冬の海は夜空より黒く、底が知れない。そのまま地獄《じごく》へ通じているのかと思える。

僧《そう》の意図を察して、西郷《さいごう》は身をふるわせた。

「月照殿《げっしょうどの》、お待ちください」

「なに、仏《ほとけ》様の御許《みもと》に参るだけだ。どうということはない。西郷殿、必ず、世を変えてくれよ」

月照は言い残して、さっと身を投げた。伸《の》ばした西郷の手が、空《くう》をつかんだ。

一瞬《いっしゅん》、時が止まったような気がした。この世からまたひとつ、光が失われた。

水しぶきが顔にかかって我《われ》に返った。西郷は思わず口にしていた。

「私《わたし》もお供《とも》します」

「あ、おい」

平野が止めるのも聞かず、西郷は海に飛びこんだ。水柱が高くあがった。

# 三章

# 敬《けい》天《てん》愛《あい》人《じん》

# 1

真っ先に目に入ったのは、黒い烏帽子《えぼし》であった。

「う、う……おれは……？」

西郷《さいごう》はうめきながら身を起こした。桜島《さくらじま》と太陽が見えて、生きているのだとわかった。裸《はだか》にされているが、分厚《ぶあつ》い布《ぬの》をかけられ、近くで火が燃《も》えているためか、そこまで寒くはない。

「気分はどうだ？」

平野国臣《くにおみ》が顔をのぞきこんできた。腹《はら》が重い気がしたが、頭ははっきりしており、手足もしっかりと動く。

「あなたが助けてくれたのですか」

「すまんな。おぬしには、まだ生きてほしいと思ったのだ」

郵便はがき

162-8790

料金受取人払郵便

牛込局承認

8854

差出有効期間
平成31年4月
20日まで有効
(切手をはらずに
お出しください)

東京都新宿区市谷台町
四番一五号

株式会社小峰書店
愛読者係

**ご愛読者カード** 今後の出版企画の参考にいたしたく存じます。ご記入の上ご投函くださいますようお願いいたします。

今後，小峰書店ならびに著者から各種ご案内やアンケートのお願いをお送りしてもよろしいでしょうか。ご承諾いただける方は，下の□に○をご記入ください。

□ 小峰書店ならびに著者からの案内を受け取ることを承諾します。

・ご住所 〒

・お名前 （ 歳）男・女

・お子さまのお名前

・お電話番号

・メールアドレス（お持ちの方のみ）

ご愛読ありがとうございます。
あなたのご意見をお聞かせください。

本のなまえ

)本を読んで、感じたことを教えてください。

の感想を広告等、書籍のPRに使わせていただいてもよろしいですか?
(実名で可・匿名で可・不可)

この本を何でお知りになりましたか。
. 書店 2. インターネット 3. 書評 4. 広告 5. 図書館
. その他( )

何にひかれてこの本をお求めになりましたか?(いくつでも)
. テーマ 2. タイトル 3. 装丁 4. 著者 5. 帯 6. 内容
7. 絵 8. 新聞などの情報 9. その他( )

小峰書店の総合図書目録をお持ちですか?(無料)
1. 持っている 2. 持っていないので送ってほしい 3. いらない

職業
1. 学生 2. 会社員 3. 公務員 4. 自営業 5. 主婦
6. その他( )

ご協力ありがとうございました。

「ありがとうございます」

礼を言って、西郷《さいごう》は辺りを見回した。

「月照殿《げっしょうどの》なら、助からなかった」

平野の声は沈《しず》んでいる。自分だけ生き残ってしまったのだ。事情《じじょう》を理解《りかい》すると、西郷は地面にこぶしをたたきつけた。

「おれの力が足りないばかりに……」

「そう思うなら、力をつければいい。この情《なさ》けない薩摩藩《さつまはん》を朝廷《ちょうてい》のために戦う藩に変えるのだ。おぬしならできる」

平野は近くの村まで西郷を送ると、北へ向かって去っていった。薩摩にとどまれば、厳《きび》しい取り調べを受けるだろうから、西郷も引き止めなかった。

もらった命をどう使うべきか。西郷は道すがら考えをめぐらしたが、簡単《かんたん》には決まらなかった。亡《な》き斉彬《なりあきら》の遺志《いし》を継《つ》ぎたいと思うし、月照の期待にも応《こた》えたい。だが、弟や妹、それに親戚《しんせき》たちの生活を考えると、藩を抜《ぬ》け出すのもためらわれる。脱藩《だっぱん》というのは元の藩では大罪《たいざい》で、追われる身になるし、もちろん収入《しゅうにゅう》もなくなるのだ。

「おれは薩摩藩《さつまはん》の武士《ぶし》だ。藩を捨《す》てることはできない」

西郷《さいごう》は城《しろ》に登って事の次第《しだい》を報告《ほうこく》した。それで罰《ばっ》せられるなら仕方がない。

しばらくして、奄美《あまみ》へ島流し、との処分《しょぶん》が下された。

「ただし、表向きは西郷は死んだものとする。島流しは、幕府《ばくふ》の追及《ついきゅう》からそなたをかくまうためだ」

使者に言われて、西郷はとまどった。まだ藩に必要とされているということだろうか。聞けば、実際《じっさい》に幕府の追っ手がやってきたという。応対《おうたい》した藩の役人は、西郷は月照《げっしょう》とともに死んだ、と伝えたそうだ。

「この処分はどなたの考えでありましょうか」

斉興《なりおき》ではなかろうから、久光《ひさみつ》だろうか。だれかの口添《くちぞ》えがあったのかもしれない。

「藩の考えだ」

使者はそれ以上、口にしなかった。

安政《あんせい》六年（西暦《せいれき》一八五九年）一月、西郷は菊池源吾《きくちげんご》という偽名《ぎめい》を名乗って、奄美大島《おおしま》へ渡《わた》った。

奄美大島《あまみおおしま》は薩摩《さつま》より琉球《りゅうきゅう》に近い島で、おもにサトウキビを栽培《さいばい》している。江戸《えど》時代のはじめに、幕府《ばくふ》の命令で琉球に攻《せ》め入った薩摩藩《はん》が征服《せいふく》して領地《りょうち》とした。植民地のようなものなので、年貢《ねんぐ》の負担《ふたん》は重い。

西郷《さいごう》が暮《く》らすことになった龍郷《たつごう》村も、まずしかった。駆《か》け出しのころに見た村よりもさらにまずしいかもしれなかった。

しかし、子供《こども》たちの顔は好奇心《こうきしん》で輝《かがや》いていた。

「また薩摩から罪人《ざいにん》が来たぞ」

「やけに太い眉毛《まゆげ》と大きな目だなあ。島の男みたいだ」

いつの世も、どの場所でも、元気な子供は希望である。西郷はうれしくなって、数人の子供たちに近づいた。

子供たちはじりじりと後ずさりしつつも、興味《きょうみ》しんしんの瞳《ひとみ》を向けてくる。西郷はやさしく問いかけた。

「君らは読み書きはできるか」

「できなーい」

なぜか自慢《じまん》げな答えが返ってきた。

「おれが教えてやる。明日からみんなでやってこい」

子供《こども》たちは顔を見合わせると、ぱっと逃《に》げ散った。

さて、何人がやってくるかな、と西郷《さいごう》は考えた。奄美《あまみ》では、島流しにあった薩摩藩《さつまはん》の武《ぶ》士《し》が島民に学問を教えている、と事前に聞いていた。そういうことで役に立てるなら、自分がこの地に流された意味もあるだろう。

翌日《よくじつ》、西郷の家に三人の子供がやってきた。西郷はていねいに文字や計算を教えた。子供たちはなついてくれたが、大人たちはろくにあいさつもしてこなかった。罪人《ざいにん》だと思っておそれているのであろう。

実際《じっさい》には、西郷はまだ武士の身分で、給金も出ていた。留守《るす》をまもる鹿児島《かごしま》の家族には米が支給《しきゅう》されている。西郷のもとには大久保《おおくぼ》ら仲間から手紙や差し入れが届《とど》いていて、外の世界の情報《じょうほう》を知ることができる。そのおかげで、島を出て再《ふたた》び活躍《かつやく》する日が来ると信じられた。久光《ひさみつ》も斉彬《なりあきら》の正しさをいずれわかってくれるだろう。

さて、島には薩摩《さつま》から代官が送りこまれていて、年貢《ねんぐ》の砂糖《さとう》を取り立てている。その取り立ては厳《きび》しい。

季節になると、代官の怒鳴《どな》り声と村人の悲鳴がひびきわたる。

「全然足りないじゃないか」

「今年は不作でして、これしか……」

「決まった量をおさめられないなら、子供《こども》を売ればいい」

「そ、そんな……。どうかご勘弁《かんべん》を」

「うるさい。嫌《いや》なら耳をそろえて持ってこい」

そのようなやりとりを聞いて、西郷《さいごう》はいてもたってもいられなくなった。

「代官様、あんまりじゃないですか」

西郷がのっそりと現《あらわ》れると、代官は一瞬《いっしゅん》、おどろいたが、すぐに気を取り直した。体格《たいかく》にひるんだだけのようだ。

「なんだ、おまえは。島流しの罪人《ざいにん》がえらそうに」

「えらいとかえらくないとかではありません。弱い者いじめはよくないでしょう。どうやったら年貢《ねんぐ》をきちんとおさめられるのか、いっしょに考えるべきです」

「はあ？」

代官は西郷《さいごう》をじろじろと見やって、ふいに目を見開いた。

「おまえ、たしか菊池《きくち》といったな。本当の名前は何だ」

「西郷吉之助《きちのすけ》といいます」

代官は一歩、後ずさった。

「西郷というと、あの西郷か。下加治屋町の」

「どの西郷か知りませんが、下加治屋町の生まれです」

「これはどうも失礼しました」

代官の態度《たいど》が急にあらたまった。

「西郷殿《どの》のお名前はかねがねうかがっております。事情《じじょう》があって身をひそめているのでしょう。生活に不便があれば、おっしゃってください」

「私《わたし》のことはともかく、この者たちは何とかならぬのですか」

「それは……砂糖《さとう》が少ないと、今度は私が叱《しか》られてしまいます」

西郷《さいごう》は顔をしかめた。事情《じじょう》はわかる。問題の根は深いのだ。しかし、駆《か》け出しのころに教えてもらったように、農民を痛《いた》めつければ、武士《ぶし》も滅《ほろ》びる。それを代官にも、藩主《はんしゅ》にもわかってもらいたい。

「とにかく、強引《ごういん》なやり方はつつしんでもらいたいものです」

西郷に言われて、代官は引き下がった。

その日から、村人たちの西郷に対する態度《たいど》が変わった。西郷が藩の有力者だったとわかったからではない。村人のために代官にかけ合ってくれたからだ。西郷は子供《こども》たちに読み書きを教えるほかに、畑仕事を手伝い、ともに汗《あせ》を流して、村にとけこんだ。すると、村の長《おさ》から申し出があった。一族の娘《むすめ》を嫁《よめ》にもらってくれないかという。

西郷は最初、断《ことわ》った。

「私《わたし》は薩摩《さつま》に帰る身です。そういうわけにはいきません」

薩摩藩の決まりでは、奄美《あまみ》の人は島を出てはならない。たとえ結婚《けっこん》しても、連れては帰れないのだ。だから、西郷は遠慮《えんりょ》したのだが、村長は食いさがった。

「承知《しょうち》のうえです。島にいるあいだだけでもかまいませんから、側に仕えさせてください」

「あなたがそう言っても、娘《むすめ》さんの気持ちもあります」

幸せにできなかった須賀《すが》の姿《すがた》が、西郷《さいごう》の頭をよぎった。しかし、村長《むらおさ》はかえって笑顔になった。

「実は娘が望んでいるのです。西郷さんのお世話がしたいと」

村長に手招《てまね》きされて、奥《おく》から若《わか》い娘が顔を出した。

「愛加那《あいがな》と申します。どうかお側においてくださいまし」

ひかえめな微笑《ほほえ》みがかわいらしい娘だ。西郷は気に入ったが、どうしたものかと悩《なや》んだ。

自分にはまだやるべきことがあるから、薩摩《さつま》に帰らなければならない。島に骨《ほね》をうずめることはできないのだ。いずれ別れが来るとわかっていて、いっしょになるのは残酷《ざんこく》ではなかろうか。

そう告げると、愛加那は首をかしげた。

「人はいずれ死にますが、生きるのは残酷ではないでしょう」

「おもしろいことを言う」

西郷《さいごう》は感心するとともに、考えこんでしまった。

たしかに人はいずれ死ぬ。なのに生きる。月照《げっしょう》は死に、自分は生き残って、この場所にいる。来し方を振《ふ》りかえれば、月照のほうが立派《りっぱ》な生き方をして、多くの人の役に立っていただろう。どうして、そのような差が生じたのだろう。

人には天命がある。天が定めた運命がある。自分にはまだなすべきことがある、と天が命じているのだ。したがって、二度と自殺をこころみてはならない。

天は人に運命を与《あた》えるだけでなく、平等に愛を注ぐ。だから、人は天を敬《うやま》う。人同士はどうか。どうしても好き嫌《きら》いは出てくる。意見のちがいもあるだろう。だが、天のようにすべての人を愛する、仁愛《じんあい》を与える努力をしたい。

それが、敬天愛人《けいてんあいじん》の思想である。

そこまで考えて、西郷ははっとした。愛加那《あいがな》を放っておいて、自分の考えに集中してしまっていた。

愛加那は姿《すがた》を消しており、目の前には茶が湯気を立てていた。さてはあきれられたか、と左右を見回すと、障子《しょうじ》の向こうから愛加那《あいがな》が顔を出した。

「天下国家のことをお考えのようでしたので、外しておりました」

「失礼をおわびする。嫌《いや》になっただろう」

「いえ、ますますあなたさまのお世話がしたいと思いました」

「む……」

西郷《さいごう》は黙《だま》って頭を下げた。熱意に負けていっしょに暮《く》らすことにしたのであった。

愛加那は気立てがよくて、働き者だった。料理も上手で、甘《あま》い物と脂身《あぶらみ》が好きな西郷の好みに合わせてつくってくれる。西郷は、食べる前にいつも礼を言う。

「つくってくれてありがとう」

最初、愛加那はとまどった。食事を用意して礼を言われたことなど、それまでになかった。

「当たり前のことをしただけですよ」

「それがありがたいのだ」

西郷は感謝《かんしゃ》の気持ちを口に出して伝えるようにしていた。もともと口数が多くないだけに、それが際立《きわだ》つ。愛加那はうれしくなって、ますます西郷のためにつくすようになった。

ふたりは仲むつまじく、やがて息子《むすこ》が生まれる。

島の生活は幸せと言ってよかったが、西郷《さいごう》はやり残したことを忘《わす》れてはいなかった。

西郷が島に追いやられているあいだ、歴史の流れはとどこおるどころか、加速しているようだった。

安政《あんせい》七年（西暦《せいれき》一八六〇年）三月、大老の井伊直弼《いいなおすけ》を尊皇攘夷《そんのうじょうい》派《は》の志士《しし》たちが襲《おそ》い、首をとった。彼《かれ》らはほとんどが元の水戸藩士《はんし》であり、安政の大獄《たいごく》の復讐《ふくしゅう》を果たすかたちとなった。これを桜田門外《さくらだもんがい》の変という。

西郷は大久保《おおくぼ》からの手紙で、この事件《じけん》を知った。

「ほう、やってくれたか」

喜んだ西郷だったが、決起に参加した志士の多くが切腹《せっぷく》したり、捕《と》らえられたりして死んだとわかると、胸《むね》を痛《いた》めた。ほとんどは顔見知りの者である。薩摩《さつま》藩の志士たちも計画にくわわっていたが、久光《ひさみつ》が反対したため、実際《じっさい》に参加したのはひとりであった。

「命をかけて戦っている者がいるというのに、おれだけがここでのんびりしていていいのだろうか」

西郷《さいごう》は自問自答した。天がまだそのときではないと言っているのだろう。大久保《おおくぼ》もまた、機会を待てという。

「おれは久光様《ひさみつ》のお側に仕えるようになった。事あれば、今こそ西郷の力が必要です、と進言するつもりだ」

斉彬《なりあきら》を嫌《きら》っていた斉興《なりおき》はすでに亡《な》くなっており、久光が藩主《はんしゅ》の父として政権《せいけん》をにぎっている。西郷は久光の受けもよくないが、斉興よりはましだ。大久保は西郷を復帰《ふっき》させる自信があると書いていた。

待ちに待った知らせが届《とど》いたのは、文久元年《ぶんきゅう》（西暦《せいれき》一八六一年）の冬であった。西郷は正式な命令書を確認《かくにん》したあと、大久保からの手紙に目を通した。

「ちと困《こま》ったことになっている。助けてくれ」

大久保が困ったというからには、事態《じたい》はかなり深刻《しんこく》である。大久保は誇《ほこ》り高く、自分の才に自信をもっており、人に助けてもらうために、問題を大げさに告げるなどという細工は絶対《ぜったい》にしない男だ。西郷は喜ぶより先に、心配になった。

すぐにでも船に乗りこみたかったが、後ろ髪《がみ》引かれる思いもあった。愛加那《あいがな》が身重で、ふたりめの子供《こども》がまもなく生まれるのである。

どうすべきか悩《なや》みはしなかった。西郷《さいごう》は正直に事情《じじょう》を伝えて謝《あやま》った。

「すまない。このようなときに呼《よ》び出しがあるとは思わなかった」

愛加那は話を聞くあいだ、めずらしくうつむいていた。だが、しばらくして顔をあげると、奄美《あまみ》の太陽のような笑みが広がった。

「はじめから覚悟《かくご》していたことです。私《わたし》のことは心配せずに、どうぞ出発なさって」

西郷は妻《つま》をそっと抱《だ》きしめた。ふたりのあいだを引き裂《さ》く薩摩《さつま》の法が憎《にく》かった。いつか、廃止《はいし》してやろう。そう思うが、今の時点ではどうしようもない。

「もしかしたら、二度と会うことはできないかもしれない」

「ええ。でも、あなたさまはこの国を変える御方《おかた》です。私がひとりじめすることはできません」

えらくなったら、子供たちを引き取ってほしい。それだけが愛加那の願いだった。西郷は約束して、涙《なみだ》とともに奄美を離《はな》れたのであった。

## 2

文久《ぶんきゅう》二年（西暦《せいれき》一八六二年）、三年ぶりに鹿児島《かごしま》に帰った西郷《さいごう》は、真っ先に大久保《おおくぼ》に会いに行った。

場所は大久保の上役にあたる小松帯刀《たてわき》の屋敷《やしき》である。小松はこの年、数えで二十八歳《さい》と若《わか》いが、幼《おさな》いころから学問にすぐれ、長崎《ながさき》で操船《そうせん》や砲術《ほうじゅつ》などを学んだ期待の英才だ。名家の出身で、久光《ひさみつ》に見こまれて、重く用いられている。

大久保が西郷を見て、目を丸くした。

「見ちがえたぞ」

「そうか？　気のせいではないか」

西郷は豪快《ごうかい》に笑った。奄美《あまみ》での生活でかなり肉がつき、体型は肥満《ひまん》に近くなっている。

もともと背《せ》が高いから、かなりの迫力《はくりょく》になる。

「こっちが苦労しているあいだ、ずいぶんといいものを食べていたようだな」

「妻《つま》のつくる飯がうまくてな。それより、おぬしのひげも立派《りっぱ》になったじゃないか」

ふたりが笑いながら話していると、小松がせきばらいした。そろそろ本題に入ってはどうかということだ。

「うむ、おぬしを呼《よ》んだのはほかでもない」

大久保《おおくぼ》が切り出した。薩摩藩《さつまはん》ではまだ、斉彬派《なりあきらは》と久光派《ひさみつ》のあいだにみぞがある。それを西郷《さいごう》にうめてもらいたいのだ。このままでは、久光の上京計画が失敗に終わりかねない。

「上京計画だと？　くわしく聞かせてくれ」

大久保は一瞬《いっしゅん》、顔をしかめてから、説明をはじめた。聞くうちに、西郷の表情《ひょうじょう》がくもっていく。久光は斉彬の計画と同じように、兵をひきいて京にのぼり、朝廷《ちょうてい》を守るとともに幕府《ばくふ》に圧力《あつりょく》をかけて、公武《こうぶ》合体を実現《じつげん》させるつもりだという。

「朝廷はどう言っているのだ。だれが取り次いでいる？　幕府のほうでは、老中のだれかが協力してくれるのか？　ほかの藩の支持《しじ》は取りつけたのか？」

西郷が矢継《やつ》ぎ早にたずねると、大久保はしぶい顔になった。

「まだだ。久光《ひさみつ》様はまずは上京してから、とお考えである」

「どうして止めないのだ！」

西郷《さいごう》は立ち上がった。

「言いたくはないが、久光様には斉彬《なりあきら》様ほどの人望も影響力《えいきょうりょく》もないだろう。話をつけないで上京して、もし朝廷《ちょうてい》に受け入れられなかったらどうするのだ。逆賊《ぎゃくぞく》になってしまうぞ。幕府《ばくふ》が折れるともかぎらない。戦になるかもしれんぞ」

斉彬の上京計画の際《さい》、西郷はまさにそのために走り回っていたのだ。根回しの重要性《じゅうようせい》はよく知っている。

大久保《おおくぼ》は無意識《むいしき》のうちに口ひげをつまんで言った。

「我《われ》らも案じている。だが、最近は朝廷にしろ、幕府にしろ、情勢《じょうせい》を見て動くようになっていてな。事を起こす前に約束したところで、守ってくれるとはかぎらない。あらかじめ情報《じょうほう》を与《あた》えることで、かえってこちらが不利にもなる」

「薩摩《さつま》の大久保ともあろう者が、主君の意思にそうために、むりやり理屈《りくつ》をつけるか」

西郷は本気で怒《おこ》っていた。久光の計画は、あまりに行き当たりばったりに思える。そういうとき、家臣は体を張《は》ってでも止めるべきではないか。

小松が口を開いた。

「西郷殿《さいごうどの》の意見はよくわかる。気持ちは我《われ》らも同じだ。とはいえ、久光《ひさみつ》様は正面からお止めして、聞くような御方《おかた》ではない。よって、我々は命令にしたがいながら、少しずつ計画を修正《しゅうせい》していこうと考えているのだ」

短気なはずの大久保《おおくぼ》が辛抱強《しんぼうづよ》く語りかける。

「そう、そのためにおぬしの力を借りたい。藩内《はんない》の反対派《は》を説得してほしいのだ。おぬしの言葉であれば、だれもが聞く耳をもつだろう」

「断《ことわ》る」

西郷はきっぱりと言った。

「おれが一番の反対派だ。島から呼《よ》び戻《もど》してくれたことはありがたいが、この件《けん》には協力できん」

「わかった。だが、その考えを通すなら、久光様を説得しなければならぬぞ」

「承知《しょうち》のうえだ」

二日後、西郷《さいごう》は久光《ひさみつ》に呼《よ》ばれた。久光は遠大な計画を前にして、上機嫌《じょうきげん》な様子である。

「久しいな、西郷よ。そなたは朝廷《ちょうてい》や各地の志士《しし》に顔が利くそうだな。島にいたあいだの情勢《じょうせい》はすでに聞いていよう。今回の上京では、存分《ぞんぶん》に働いてもらうから、そのつもりでおれ」

「そのことでございますが……」

西郷は大久保《おおくぼ》に語ったとおりの進言をおこなった。いきなりの上京は危険《きけん》だから、時間をかけて準備《じゅんび》するべきだとすすめる。

話を聞くうちに、久光の顔がだんだんと赤くなっていく。大久保が止めに入った。

「西郷よ、それくらいにしておけ」

西郷は小さく首を横に振《ふ》ってつづける。

最後まで聞かずに、久光は爆発《ばくはつ》した。

「黙《だま》って聞いておれば、何を言うか。上京はもう決めたことだ。おまえなんぞにとやかく言われる筋合《すじあ》いはない」

久光は激《はげ》しい手振りで西郷を下がらせた。

城《しろ》を追い出された西郷《さいごう》は、ため息をつきながら城下《じょうか》を歩いた。

「久光《ひさみつ》様に、臣下の進言を聞き入れる度量はないと見える。あれでは、大久保《おおくぼ》も苦労するだろうな。それで、自分をおさえるようになったのか」

自分のことはおいて、友を心配する西郷である。自分はまちがいなく嫌《きら》われたから、おそらく島に戻《もど》されるか、ろくに仕事のない役職《やくしょく》を与《あた》えられるかだろう。仕方がないので、気分転換《てんかん》に温泉《おんせん》に行った。薩摩《さつま》にはいい温泉がたくさんあるのだ。

半月ほど体を休めて、西郷は鹿児島《かごしま》に帰った。大久保がしつこく説得に来るので、顔を立てたかたちである。

「久光様にお願いして、もとの役職に戻《もど》してもらったぞ。島でゆっくりしていたぶん、働いてくれ」

「おれは上京に反対なのだぞ」

「それはわかるが、世のため、薩摩のため、そしておれのために仕事をしてくれ」

「……そこまで言うなら仕方あるまい」

西郷は考えを変えていなかったが、久光に何度も頭を下げたであろう大久保の気持ちをむげにはできなかった。

城《しろ》に出かけると、久光《ひさみつ》からの命令が下されていた。

「本隊より先に出発し、九州各地の情報《じょうほう》を集めて、下関で待て」

元の徒目付《かちめつけ》の役職《やくしょく》に戻《もど》すという文書もつけられている。

かくなるうえは、命令にしたがい、臣下として忠誠《ちゅうせい》をつくすのみである。心配は心配だが、もはや久光を止めるのは無理だから、現地《げんち》で臨機応変《りんきおうへん》に対処《たいしょ》するしかないだろう。

西郷《さいごう》の考えを読んだかのように、大久保《おおくぼ》が釘《くぎ》をさした。

「勝手なまねはよしてくれよ」

「わかっている。藩《はん》のために最善《さいぜん》をつくす」

「おい……」

不安そうな大久保を残して、西郷は旅立った。

## 3

西郷《さいごう》の旅には、村田新八《むらたしんぱち》という若者《わかもの》が同行している。村田は西郷と同じ下加治屋町の出身であり、このとき二十五歳《さい》、西郷より九つ下になる。幼《おさな》いころから、西郷を兄のようにしたって、よくくっついていた。西郷としても、郷中《ごじゅう》教育で学問や礼儀《れいぎ》作法を教えた後輩《こうはい》だから、信頼《しんらい》は深い。

「久《ひさ》しぶりに会えてうれしいです。せっかくいっしょに行くのだから、またいろいろと教えてください」

村田は子供《こども》のころと同じ、好奇心《こうきしん》にあふれた無邪気《むじゃき》な視線《しせん》を向けてくる。斉彬《なりあきら》の時代は、熱心に尊皇《そんのう》思想を学んでいた。西郷がいないあいだも、学問はつづけていたという。剣《けん》の腕《うで》もなかなかのものだ。

「おれにくっついていると、久光《ひさみつ》様に嫌《きら》われるぞ」

「かまいませんよ。久光《ひさみつ》様の時代もそんなに長くはつづかないでしょう」

村田はひょうひょうと言う。肝《きも》のすわっている男だ。

ふたりは命令にしたがって、陸路で情報《じょうほう》を集めながら、関門海峡《かいきょう》をわたって下関にたどりついた。

この港町で西郷《さいごう》はなつかしい人物に会った。冬の海から助け出してくれた恩人《おんじん》、平野国臣《くにおみ》である。

「しばらく見ないうちに太ったなあ。別人かと思ったぞ」

平野はにこやかにあいさつしたあとも、笑みを崩《くず》さない。相当に機嫌《きげん》がよいようだ。以前とは印象がまったくちがった。

「別人と言えば、その偽名《ぎめい》もおもしろいな。しゃれのつもりか？」

「まあ、そんなものです」

西郷が藩《はん》の命令で使っている偽名《ぎめい》は、大島三右衛門《さんえもん》という。奄美大島《あまみおおしま》に三年いたことからつけられている。

「しかし、薩摩《さつま》藩が兵をあげるとは思わなかった。ものわかりの悪い殿様《とのさま》だったはずだが、おぬしが説得してくれたのか？」

「兵をあげるというほどのものではありません。まずは兵を連れて上京して、それから幕《ばく》府《ふ》と交渉《こうしょう》する予定です」

西郷《さいごう》は慎重《しんちょう》に答えた。他の藩《はん》の者に、自分が反対だとは言えない。平野は首をかしげた。

「交渉？　それはおかしいな。薩摩《さつま》は倒幕《とうばく》の兵をあげると聞いたが」

「何ですって？」

西郷は目を丸くした。倒幕というのは幕府を倒《たお》すということだ。久光《ひさみつ》にはもちろん、そのような意図はない。

「どこでそんなうわさが流れているのですか」

「どこって、おれに声をかけてきたのは、九州やここ長州（今の山口県）の尊皇攘夷《そんのうじょうい》の志《し》士《し》たちだ。京に集まって、薩摩の兵とともに幕府を倒すと息巻《いきま》いている。おれもそろそろ京に向かおうと思っていたが……」

やはりこういうことになるのだ。きちんと準備《じゅんび》をしないから、意図がまちがって伝わってしまう。西郷は腹《はら》を立てたが、怒《いか》りは胸《むね》のうちにおさめてたずねた。

「志士《しし》たちは京のどこに集まっているのですか。だれが指導《しどう》しているのですか」

「それを聞いてどうするつもりだ」

「止めます。今、むやみに兵をあげても、幕府《ばくふ》にはかないません」

「やってみないとわからないだろう」

平野は不満そうであったが、必要な情報《じょうほう》は教えてくれた。

西郷《さいごう》はすぐに京に行く決意をかためた。尊皇攘夷派《そんのうじょういは》の志士たちも心配だが、このことは薩摩藩《さつまはん》の問題でもある。いきなり兵をひきいて上京し、それをきっかけに志士たちが立ち上がったら、薩摩藩が反乱《はんらん》を起こしたとみなされてしまう。幕府からどのような罰《ばつ》が下されるかわからない。

西郷は村田にそう説明して、最後に告げた。

「おぬしはここに残って、久光様《ひさみつ》に事情《じじょう》を伝えよ」

真剣《しんけん》に命じたのだが、村田は笑って言い返した。

「冗談《じょうだん》はやめてください。おれも京に行きますよ」

「久光様は、下関で待て、とおっしゃった。命令違反《いはん》になるぞ」

「命令なんか二の次ですよ。西郷《さいごう》さんが残るならおれも残ります。行くなら行きます。それだけのことで」

西郷は太い首を横に振《ふ》った。拒否《きょひ》したのではない。仕方ない、という意味だった。

その日の夜、西郷と村田は船で京へと向かった。


さて、下関に着いた久光《ひさみつ》は、西郷がいないことを知って激怒《げきど》した。

「あの男は、わしの命令を何と心得ているのだ⁉　すぐに引っ捕《と》らえろ」

大久保《おおくぼ》がけんめいになだめる。

「お待ちください。うわさを信じた志士《しし》たちが暴《あば》れたら、たしかに一大事です。とにかく、我々《われわれ》も京へ急ぎましょう」

「ううむ。それはそうだ。しかし、西郷は絶対《ぜったい》に許《ゆる》さぬぞ」

久光が薩摩《さつま》の兵をひきいて京へ向かっているあいだ、西郷は志士たちの説得にあたっていた。

「薩摩は公武《こうぶ》合体をめざしている。尊皇《そんのう》の気持ちはあれど、幕府《ばくふ》を倒《たお》そうとは考えていない。おぬしらは、朝廷《ちょうてい》のためにも好機を待ってくれ」

だが、血気にはやる志士《しし》たちは聞く耳をもたなかった。

「薩摩《さつま》が怖《お》じ気《け》づいたなら、おれたちだけでやる。兵の詰《つ》め所に火をつけてやるのだ」

「そのようなことをしたら、民にも被害《ひがい》が出るだろう。朝廷がお困《こま》りになるぞ」

「関係ない。おれたちはやりたいことをやるだけだ」

まったく話し合いにならなかった。志士たちは興奮《こうふん》してまわりが見えなくなっている。

「公家のどなたかに頼《たの》んで、彼《かれ》らを落ちつかせるよう、一筆書いてもらおうか……」

次の策《さく》を考える西郷《さいごう》のもとに、大久保《おおくぼ》がやってきた。

「おい西郷、久光《ひさみつ》様がお怒《いか》りだ。すぐに謝《あやま》りに来い」

「だが、彼らを止めなければ、都が火の海になるぞ」

「それはこちらで何とかする。いいから早く来るのだ」

西郷は大久保に引きずられるようにして、久光の宿をたずねた。

しかし、久光は会おうとしなかった。実はこのとき、西郷が志士をたきつけて反乱《はんらん》を起こさせようとしていると、うその報告《ほうこく》をした者がいた。久光はそれを信じて、怒りをつのらせていたのだ。

「西郷《さいごう》は藩《はん》のために働いておりました。私心《ししん》はまったくありませぬ。どうか、申し開きの機会をお与《あた》えください」

大久保《おおくぼ》が願っても、久光《ひさみつ》は聞き入れなかった。

「わしは京を守らねばならぬ。西郷などという罪人《ざいにん》にかかわっているひまはない」

久光の命令で、西郷は縄《なわ》をかけられ、村田とともに薩摩《さつま》行きの船に乗せられた。追って、罰《ばつ》が与えられるという。

西郷は村田に頭を下げた。

「巻《ま》きこんでしまってすまんな」

村田はまったくこたえていないようだった。

「西郷さんのせいではありませんよ。どうも久光様は、他人に手柄《てがら》を立てられるのが嫌《いや》な性分《しょうぶん》みたいですね」

「そうかもしれぬな。しかし、これからどうなることやら。また島流しか、あるいは切腹《せっぷく》か……」

不吉《ふきつ》な予想をしながら、西郷《さいごう》は堂々としていた。自分の行動に後悔《こうかい》はない。あとは天が定めた道にしたがうだけだ。

「どこまでもお供《とも》しますよ」

「それは困《こま》る。おまえが先に許《ゆる》されて、おれを連れ戻《もど》してくれ」

笑いながら、西郷は思った。大久保《おおくぼ》は久光《ひさみつ》の側で苦労していることだろう。その苦労が報《むく》われればよいが、と。

そのころ、京の混乱《こんらん》をしずめるため、久光は強引《ごういん》な手段《しゅだん》をとろうとしていた。標的となったのは、尊皇攘夷派《そんのうじょういは》の薩摩藩士《さつまはんし》が集まる寺田屋という宿屋だ。説得に応《おう》じなければ斬《き》れ、という命令とともに、腕《うで》の立つ者たちが送りこまれた。はげしい斬り合いの末、何人もの死者を出して、志士《しし》たちは降伏《こうふく》する。これを寺田屋事件《じけん》という。

「薩摩藩士の不始末は、薩摩藩で片付《かたづ》ける」

久光の厳《きび》しい処置《しょち》を、朝廷《ちょうてい》は頼《たの》もしいものと受けとった。改革《かいかく》をもとめる幕府《ばくふ》への使者が江戸《えど》へ送られ、久光も兵をひきいて同行した。

久光の要求により、幕府は徳川慶喜《とくがわよしのぶ》と松平慶永《よしなが》を政治《せいじ》の中心に呼《よ》び戻《もど》した。公武《こうぶ》合体に向けた改革《かいかく》は進み、結果的に久光《ひさみつ》の上京は成功したことになる。

「ふん、西郷《さいごう》の心配など、いらぬ世話だったわ」

久光は得意の絶頂《ぜっちょう》にあった。

しかし、帰国の途中《とちゅう》、久光の行列をさえぎったイギリス人を、薩摩藩士《さつまはんし》が斬《き》り殺してしまう。大名行列が通りかかったら、馬を下りて道をゆずるものだが、言葉もわからない外国人は、知らずに行列のじゃまをしてしまったのだ。当然ながら、イギリスは激怒《げきど》した。

これを生麦事件《なまむぎじけん》という。

この事件をきっかけに、また時代が動くことになる。

## 4

照りつける日差しが肌《はだ》をやき、砂《すな》まじりの潮風《しおかぜ》が傷《きず》をえぐる。波の高い日は水しぶきがかかり、体力を奪《うば》っていく。はえがたかってくるのは、死期が近いことを知っているからだろうか。

西郷《さいごう》は沖永良部島《おきのえらぶ》に流されていた。今度は正真正銘《しょうしんしょうめい》の罪人《ざいにん》としてである。海をのぞむ砂浜《すなはま》に、牢《ろう》がおかれていた。

ひどい環境《かんきょう》にさらされて、ろくに食事もとれず、西郷は日々弱っていった。太っていた体はやせおとろえ、あちこちの細かい傷《きず》から細菌《さいきん》が入ってはれあがった。熱が高く、せきが止まらない。

「このままだと命が危《あぶ》ないな」

西郷はまるで他人事のように観察していた。

港から牢まで行くとき、西郷は馬に乗るのを断《ことわ》って、自分の足で歩いた。歩くのはこれが最後かもしれないと思ったからである。牢に入れられて、海を見ながら朽《く》ち果てるものと覚悟《かくご》していた。

しかし、いざ死に直面すると、自分はまだ死なないだろうと思うようになった。やるべきことはまだある。天に与《あた》えられた役割《やくわり》をまだ果たしていない。そう考えると、生きる意欲《いよく》がわいてくる。

食事は毎日、朝と夕に粥《かゆ》が出された。米よりも雑穀《ざっこく》の多い粗末《そまつ》な粥だ。それを運んできた役人が、見かねて言った。

「西郷《さいごう》さん、だいぶつらそうだな。もっとましな牢《ろう》に入れるよう、代官に頼《たの》むから、もう少し待ってくれ」

「ありがたいことですが、無理はしないでください。あなたがにらまれては、元も子もありません」

役人は島の出身で、西郷を知っていたわけではない。しかし、苦境《くきょう》にあっても他者を思いやる態度《たいど》に感じ入り、一家総出《そうで》で世話をするようになった。やがて、屋根と壁《かべ》をそなえた座敷牢《ざしきろう》がつくられて、西郷はそこに移《うつ》された。

雨風や虫に悩《なや》まされることがなくなって、西郷は徐々《じょじょ》に回復《かいふく》した。奄美《あまみ》にいるときとちがって、牢から出ることはできないが、生活に不自由はなくなった。手紙を書いたり読んだりもできる。

そうなると、気になるのが、各地の情勢《じょうせい》である。とくに、生麦事件《なまむぎじけん》に対して、イギリスがどう出てくるかが心配であった。もし、戦争などという事態《じたい》になったら、鹿児島《かごしま》に残してきた家族はもちろん、薩摩藩《さつまはん》自体がどうなるか、不安でたまらない。

文久《ぶんきゅう》三年（西暦《せいれき》一八六三年）七月、西郷《さいごう》の心配は現実《げんじつ》のものとなった。イギリス艦隊《かんたい》が錦江湾《きんこうわん》に遠征《えんせい》して、砲撃《ほうげき》をおこなったのである。これが薩英《さつえい》戦争だ。

「戦争がはじまった、だって⁉」

西郷は手紙をにぎりしめて立ち上がった。

「船だ、船を用意してくれ！」

「どうした？　そんなにあわてて」

駆《か》けつけてきた役人に、西郷は説明した。イギリスが薩摩に攻《せ》めてきた。すぐに戦いに行かなくてはならない。

「鹿児島《かごしま》に行くような船はすぐには用意できないが……そもそも西郷さんは島から出られないはずだ」

西郷ははっとして頭をかいた。

「それもそうか。いや、お恥《は》ずかしい」

西郷はそれから、戦争の情報《じょうほう》を集めようと、あちこちに手紙を書いた。そのおかげで、様子がわかってきた。

イギリス艦隊《かんたい》と薩摩《さつま》は激《はげ》しく大砲《たいほう》を撃《う》ち合い、互《たが》いに大きな被害《ひがい》を受けた。薩摩はすべての砲台《ほうだい》を失い、町を焼かれた。イギリス側は旗艦《きかん》の艦長ら十三名の戦死者を出した。薩摩は善戦《ぜんせん》したと言えるが、最新の大砲の威力《いりょく》を目の当たりにした衝撃《しょうげき》は大きかった。

「やはり攘夷《じょうい》は無理だ。外国の力を借りてでも、国造《くにづく》りを進めなければならない」

そういう声が高まっているという。

西郷《さいごう》は家族が無事だったことにほっとした。斉彬《なりあきら》がつくらせた砲台や工場が破壊《はかい》されたのは残念だが、それらが役に立ったことはうれしい。和平の交渉《こうしょう》は、大久保《おおくぼ》が担当《たんとう》しているそうだ。

話を聞くと、自分もこうしてはいられないという気持ちになるが、不自由な身の上をなげいても仕方がない。久光《ひさみつ》が政治《せいじ》の表舞台《おもてぶたい》からしりぞかないかぎり、出番は来ないだろう。それでも、西郷は自分の行動を後悔《こうかい》してはいなかった。

この年は、長州藩《はん》を中心として、尊皇攘夷《そんのうじょうい》運動が盛《も》り上がった年であった。西郷のもとにも、尊皇攘夷《そんのうじょうい》を熱く語る手紙が何通か届《とど》いている。西郷《さいごう》は尊皇派《は》であるが、攘夷についてはは時代遅《おく》れではないか、と考えていた。薩摩藩《さつまはん》では、薩英《さつえい》戦争の結果、攘夷派は大きく後退《こうたい》している。

尊皇攘夷派は天皇《てんのう》のいる京に集まっている。京には幕府《ばくふ》に味方する志士《しし》の集団《しゅうだん》もいる。代表的なものが、近藤勇《こんどういさみ》と土方歳三《ひじかたとしぞう》がひきいる新撰組《しんせんぐみ》だ。彼《かれ》らはこの年に京に入って活動をはじめていた。

尊皇攘夷運動の高まりを受けて、公家たちのあいだでも、天皇中心の政権《せいけん》をつくり、攘夷を実行しようという過激《かげき》な意見が多くなってきた。

これに対して、公武《こうぶ》合体派の大名たちは、攘夷派の公家を追放しようと計画する。会津《あいづ》藩の松平容保《かたもり》と薩摩藩の島津久光《しまづひさみつ》は、時の天皇の許可《きょか》を得て、御所《ごしょ》に兵を配置した。そして、軍事力を背景《はいけい》に、攘夷派の公家を朝廷《ちょうてい》の役職《やくしょく》から追放し、京にいる長州藩の勢力《せいりょく》を追いはらった。

この事件《じけん》を八月十八日の政変という。京における攘夷派の大そうじであった。役職を追われた公家たちは長州に逃《のが》れた。長州藩は会津と薩摩へのうらみと憎《にく》しみをつのらせる結果となった。

公武合体派《こうぶがったいは》は、容保《かたもり》と久光《ひさみつ》に、一橋慶喜《よしのぶ》、松平慶永《よしなが》、土佐藩《とさはん》の山内容堂《ようどう》、宇和島藩《うわじまはん》の伊達宗城《だてむねなり》をくわえて会議を開き、朝廷《ちょうてい》と幕府《ばくふ》に意見するよう定めた。斉彬《なりあきら》の悲願だった公武合体が、実現《じつげん》に近づいたかに思われた。

しかし、久光と慶喜がことあるごとに対立し、会議は意見をまとめられなかった。数カ月のうちに、会議は開かれなくなり、公武合体策《さく》は暗礁《あんしょう》に乗り上げるのだった。

## 5

薩英《さつえい》戦争は意外な効果《こうか》をもたらしていた。和平が成立してから、薩摩《さつま》藩とイギリスが急速にきずなを深めていくのである。大久保《おおくぼ》らがまとめた和平の条件《じょうけん》は、生麦事件《なまむぎじけん》の賠償《ばいしょう》金《きん》の支払《しはら》いだけだが、同時に、薩摩藩がイギリスから軍艦《ぐんかん》を買うことも決まっていた。

薩英戦争から八月十八日の政変《せいへん》と、事態《じたい》が急速に動くなか、薩摩藩の藩士《はんし》たち、とくに社会を変えようという熱意のある下級藩士《はんし》たちは不満をいだいていた。

「久光様《ひさみつ》は藩主でもないのに、何もかもご自身で決めてしまわれる。おれたちの考えも聞いてほしいものだ」

「そのとおり。久光様は自分の考えにこだわりすぎて、まわりが見えないところがある」

考えてみれば、これはおかしな話である。久光は若《わか》い藩主の後見役という立場であり、実際《じっさい》は藩主と同じである。江戸《えど》時代であれば、藩主が自分の考えで政治《せいじ》を進めるのは当然で、身分の低い藩士が口を出せるはずはない。だが、すでに幕府《ばくふ》の力は弱くなっていた。それとともに、世の中の決まり事も、少しずつ崩《くず》れてきていた。

下級藩士の集団《しゅうだん》は、久光に会って要求した。

「沖永良部《おきのえらぶ》島に流されている西郷殿《さいごうどの》を復帰《ふっき》させてください。あの人なら、我々《われわれ》をうまく導《みちび》いてくれます」

久光はキセルをくわえて、タバコの煙《けむり》をせわしなく吐《は》き出している。眉間《みけん》のしわにいらだちがあらわれていた。西郷だけは認《みと》めたくないのだ。

「どうか、どうかお願いします」

重ねて告げられた久光《ひさみつ》は、かたわらにひかえている小松帯刀《たてわき》と大久保《おおくぼ》に視線《しせん》を向けた。

「そなたらも同様に思うか」

ふたりは神妙《しんみょう》にうなずいた。小松がまず口を開く。

「これからますます、状況《じょうきょう》は複雑《ふくざつ》になるでしょう。朝廷《ちょうてい》に幕府《ばくふ》、それに大きな藩《はん》の思惑《おもわく》がからんで、まとめるのはむずかしくなります。西郷《さいごう》なしでは乗り切れません」

大久保がつづいた。

「今、日本の国は危機《きき》にあります。西郷を呼《よ》び戻《もど》して、早いうちに政治《せいじ》を安定させなければ、異国《いこく》の植民地にされてしまうでしょう」

久光はぎりぎりとキセルをかみしめた。

「みなが西郷は賢《かしこ》いと言うのか」

そっぽを向き、キセルを放り投げて、久光は言った。

「ならば、愚《おろ》かなわしがひとりで主張《しゅちょう》することはまちがっているのだろう」

いやいやながら、久光は西郷を許《ゆる》すことにしたのだった。投げ捨《す》てられた銀製《ぎんせい》のキセルには、久光の歯形がくっきりと残っていた。

文久《ぶんきゅう》三年（西暦《せいれき》一八六三年）の終わりごろから、西郷《さいごう》が帰ってくるといううわさが流れはじめた。翌年《よくねん》の正月には、はっきりとした情報《じょうほう》として、西郷の耳にも届《とど》いた。

「そうか。意外に早かったな」

西郷はそう言いながらも、そわそわとして、その日を待った。

元治《げんじ》元年（西暦一八六四年）二月、迎《むか》えの船がやってきた。西郷は世話になった役人や代官にていねいに礼を述《の》べて、船に乗りこんだ。約一年半ほどの島流しであった。

「二カ所ほど、寄《よ》ってほしいところがあります」

西郷は船長に頼《たの》んだ。最初に行ったのは、奄美大島《あまみおおしま》である。愛加那《あいがな》と幼《おさな》い子供《こども》たちに会うためだった。

「次はもう島流しになるようなことはなさらないでくださいね。命がいくつあっても足りませんよ」

「そうだなあ。この調子だと、次は琉球《りゅうきゅう》で、その次は台湾《たいわん》かもしれないから、なるべく気をつけることにしよう。みなを心配させたくはない。そなたも元気でな」

西郷は奄美に三泊《ぱく》して名残《なごり》を惜《お》しみ、再《ふたた》び船上の人となった。

次に向かったのは喜界島《きかいじま》である。ここには、村田新八が流されている。西郷《さいごう》は上陸するのを待ちきれずに船から呼《よ》びかけた。

「おーい、新八！　いっしょに帰ろうぞ」

すでに知らせが届《とど》いていたのだろう。村田がさん橋に出てきて手を振《ふ》っている。

実は、今回許《ゆる》されたのは西郷だけである。藩《はん》からの文書は村田については何もふれていない。それでも、西郷は村田をいっしょに連れて帰るつもりだった。この行動に対して文《もん》句《く》を言う者はなく、村田はごく自然に受け入れられた。

「喜界島は快適《かいてき》なところでしたが、少々たいくつしていたところです。お迎《むか》えありがとうございます」

「礼には及《およ》ばないよ。大久保《おおくぼ》も待ちわびているだろう。さあ、時代を変えに行くぞ」

西郷は京の方向を指さした。

「望むところです」

船は波を蹴《け》立《た》てて、青い海を進んでいく。

# 快《かい》男《だん》児《じ》たち

四章

# 1

西郷《さいごう》は再《ふたた》び許《ゆる》されて鹿児島《かごしま》に戻《もど》った。

まずおこなったのは、前藩主《はんしゅ》・斉彬《なりあきら》の墓参《はかまい》りである。自分が今あるのは斉彬が引き立ててくれたおかげであり、感謝《かんしゃ》の気持ちはつねにもっている。お墓の前でやってきたことを報告《ほうこく》し、これからも薩摩《さつま》のため、日本のためにつくすことを誓《ちか》った。それが、斉彬にむくいる道だと思う。

それから登城《とじょう》して、島流しのあいだに見聞きした、人々の生活の苦しさを藩に知らせ、税《ぜい》を軽くするようもとめた。

「島の人々も薩摩藩の一員だ。彼《かれ》らの生活もよくしていかなければならない」

西郷は島の役人に、飢饉《ききん》にそなえた対策《たいさく》や農業の知識《ちしき》を教えてきた。本土から離《はな》れた島の環境《かんきょう》は厳《きび》しいが、少しずつ改善《かいぜん》していきたい。

鹿児島《かごしま》には数日滞在《たいざい》しただけで、西郷《さいごう》は久光《ひさみつ》や大久保《おおくぼ》のいる京に上った。またしても船旅である。

「京がもう少し近いといいんですけどねえ」

村田が笑いながらぐちをこぼした。このときは天候に恵《めぐ》まれず、十日ほどかかっている。

京の情勢《じょうせい》がどうなっているか、もどかしく思いながらの旅だった。

京では大久保が迎《むか》えてくれた。

「なつかしがっているひまはない。さっそく働いてもらうぞ。難《むずか》しい状況《じょうきょう》だから、おぬしでなければ対処《たいしょ》できないのだ」

「任《まか》せておけ」

西郷は力強く返事をした。

久光にも会ったが、双方《そうほう》ともよそよそしかった。西郷は礼儀《れいぎ》作法を守ってあいさつし、久光は目を合わせずにはげましの言葉を述《の》べる。もはや、関係の修復《しゅうふく》はのぞめないようだった。前回とちがうのは、久光の影響力《えいきょうりょく》が弱くなっていることである。

「久光様はあれでも、西郷殿《どの》に期待しておられるのです。よろしく頼《たの》みます」

家老の小松帯刀《たてわき》に耳打ちされて、西郷《さいごう》は微笑《びしょう》を浮《う》かべた。久光《ひさみつ》が尊敬《そんけい》できない主君であっても、手を抜《ぬ》くことは考えられない。島から呼《よ》び戻《もど》してくれた者たちの期待に、何としても応《こた》えようと思った。

さて、大久保《おおくぼ》の言葉の意味は、すぐに明らかになった。薩摩藩《さつまはん》の紋《もん》をつけて歩いていると、人々の目が冷たいのだ。あからさまにさけられ、ひそひそと悪口を言われる。京の人々は、薩摩が会津《あいづ》と組んで尊皇攘夷派《そんのうじょういは》を追い出したことをうらみに思っていた。

「薩摩は信用ならない。長州に戻ってきてほしい」

それが京の人々の思いである。西郷は連日、朝廷《ちょうてい》や各藩の要人に会って話をした。相手の話をよく聞き、それから薩摩藩の立場を説明する。在野《ざいや》の志士《しし》たちにも会い、宿屋や料理屋にも顔を出した。

話を聞くうちに、薩摩商人が嫌《きら》われていることがわかった。禁《きん》じられた外国との貿易《ぼうえき》で大もうけしていると批判《ひはん》されている。西郷は悪徳《あくとく》商人を取りしまることを約束し、それ以外の商人にも、京での商売はひかえるようすすめた。

西郷の地道な活動が実って、薩摩藩の評判《ひょうばん》は徐々《じょじょ》によくなってきた。

一方で、京はますますさわがしくなっている。六月には、新撰組《しんせんぐみ》が尊皇攘夷派《そんのうじょういは》の志士《しし》を襲《おそ》う池田屋事件《じけん》が起こった。長州藩《はん》の軍勢《ぐんぜい》が上京してくるといううわさも根強い。

このころ、久光《ひさみつ》は大久保《おおくぼ》をしたがえて鹿児島《かごしま》に帰っており、京は小松と西郷《さいごう》に任《まか》されていた。薩摩《さつま》藩は幕府《ばくふ》の味方だと思われていたが、西郷は幕府よりも朝廷《ちょうてい》を守ることが重要だと考えている。話し合いによって、朝廷中心の政治《せいじ》をめざそうというのが基本《きほん》の方針《ほうしん》であった。

長州も尊皇派だが、彼《かれ》らは武力《ぶりょく》をもって幕府を倒《たお》そうとしている。手はじめに、京に軍勢を送って幕府と会津《あいづ》の兵を追い出し、朝廷を手中におさめようと計画していた。

「御所《ごしょ》のある京で戦をしようというのか」

にわかには信じられなかったが、志士たちの話では、長州は本気のようだった。西郷は長州に人を送って情報《じょうほう》を集めさせ、国もとには援軍《えんぐん》をもとめた。

京を守る会津藩からは、ともに兵を出して長州と戦おうという申し出があった。

「我《われ》らの敵《てき》は長州ではない」

西郷は断《ことわ》った。

「長州が御所《ごしょ》に攻《せ》めてくるのであれば、宮中の方々をお守りするために戦う。朝廷《ちょうてい》の命令があったときは、長州を滅《ほろ》ぼすために戦う。だが、会津《あいづ》と長州が戦うなら、薩摩《さつま》はどちらにも味方しない」

一見、どっちつかずの対応《たいおう》だが、朝廷のために戦うという点ははっきりしている。西郷《さいごう》は御所の門のひとつに薩摩藩《はん》の兵をおいて守らせた。

六月の下旬《げじゅん》から、長州の軍勢《ぐんぜい》が京の近くに集まりはじめた。長州藩の要求は、前年の八月十八日の政変《せいへん》による処分《しょぶん》をとくことや、攘夷《じょうい》を実行することなどである。朝廷や幕府《ばくふ》と交渉《こうしょう》がおこなわれたが、まとまらなかった。

「もう戦は止められないようだ」

西郷はそう判断《はんだん》して、兵たちに気を引きしめるよう命じた。

そして、七月十八日、大砲《たいほう》の音がとどろいた。長州軍は御所の西側にある門を破《やぶ》ろうと攻めかかってくる。

西郷ひきいる約五百人の薩摩勢も、西側の門のひとつを守っていた。まだ長州兵の姿《すがた》は見えなかったが、大砲の轟音《ごうおん》と立ちのぼる煙《けむり》が、戦のはじまりを告げている。やがて、兵士たちの足音やかん声が聞こえてきた。

「来るぞ。鉄砲隊《てっぽうたい》、かまえよ」

二百名ほどの小部隊が門めがけて突撃《とつげき》してくる。充分に引きつけてから、西郷《さいごう》は命じた。

「撃《う》て！」

銃口《じゅうこう》が火を噴《ふ》いた。

うめき声をあげ、胸《むね》や腹《はら》をおさえて長州兵が転がる。砂煙《すなけむり》が立ちこめるなか、二発目が敵《てき》部隊を襲《おそ》った。長州兵は明らかにひるんでおり、突撃の足がにぶった。

門の前では、槍《やり》を持った部隊が待ちかまえている。槍先がぎらりと光ると、敵兵はとても勝ち目がないと思ったか、算を乱《みだ》して逃《に》げ出した。それを追って、薩摩勢《さつまぜい》は前に出ようとする。

西郷がするどく命じた。

「追うな。門を守るのだ」

薩摩勢は陣形《じんけい》を組み直して、第二波の攻撃《こうげき》にそなえる。

しばらく様子を見ていると、伝令が駆《か》けこんできた。

「報告《ほうこく》です。隣《となり》の門が破《やぶ》られました！」

「まさか！」

西郷《さいごう》は大きな目を見開いた。御所《ごしょ》に兵がなだれこむ様子を想像《そうぞう》すると、めまいがした。すぐに援軍《えんぐん》を送らなければならない。

兵に指示《しじ》を出していると、部下のひとりが反対した。

「我々《われわれ》の持ち場はこの門です。そして兵力に余裕《よゆう》はありません。援軍を出して、ここが破られたら、我らが責任《せきにん》を問われてしまいます。侵入《しんにゅう》した兵は別の守備隊《しゅびたい》が撃退《げきたい》してくれるでしょう。ここを死守すべきだと考えます」

「おまえは馬鹿《ばか》か」

村田新八がこきおろした。西郷が苦笑しながら説明する。

「いくら自分の手柄《てがら》を誇《ほこ》っても、戦に負けては意味がない。我々は朝廷《ちょうてい》を守るために戦っている。御所に入られたら、負けたも同然だ。すぐに兵を送って追い返さなければならないんだよ」

「しかし、二カ所の門を破られて同時に侵入されたら、まずいのではありませんか」

「心配はいらぬ。ここは新八が守ってくれる」

「お、おれですか」

文句《もんく》を言う村田を残して、西郷《さいごう》は駆《か》け出した。

「御所《ごしょ》を攻《せ》める不忠《ふちゅう》者を打つのだ。おれについてこい！」

薩摩《さつま》兵は勇気をふるって、西郷につづいた。

西郷は本格的《ほんかくてき》な戦ははじめてになるが、緊張《きんちょう》や恐怖《きょうふ》とは無縁《むえん》だった。よく通る声で指示《しじ》を送り、自分が真っ先に動いて手本となる。指揮《しき》ぶりは堂々としたものだ。

「前に出すぎないでくださいよ」

後ろのほうから、村田の声が聞こえてきた。だが、したがうわけにはいかない。決して身分は高くない西郷である。命令だけしても兵は満足に動かない。背中《せなか》で兵をはげますのが、士気をあげるには一番有効《ゆうこう》だ。

激戦《げきせん》の地にたどりついた。御所を守る兵と長州軍が刀を打ち合わせ、その横を銃弾《じゅうだん》が飛びかっている。

「かかれ！」

刀をかまえて、薩摩勢《さつまぜい》が駆《か》ける。一撃《いちげき》必殺の薬丸自顕流《やくまるじげんりゅう》の太刀《たち》が、白い光の尾《お》を引いて、敵兵《てきへい》に襲《おそ》いかかる。血しぶきが舞《ま》って、敵兵が倒《たお》れる。

突然《とつぜん》の攻撃《こうげき》に、長州軍は混乱《こんらん》した。態勢《たいせい》を立て直せずに、ずるずると後退《こうたい》していく。

「よし、押《お》し返せ。門の外に追い出すのだ」

刀を使えない西郷《さいごう》は、銃《じゅう》をかまえた。敵の部隊長を狙《ねら》って放つ。

弾《たま》ははるか上に外れた。

西郷は右足を負傷《ふしょう》してうずくまっていた。傷《きず》をおさえた指の間から血が流れている。敵の放った弾丸《だんがん》がかすめたようだ。

「大丈夫《だいじょうぶ》ですか」

部下が駆けよってくるのを、西郷は片手《かたて》で制《せい》した。

「どうということはない。戦場から目をはなすな」

痛《いた》みは激《はげ》しかったが、西郷はかすかに顔をしかめただけで、何事もなかったかのように立ち上がった。勝利が目前にあっても、自分が傷ついたとあれば、味方は動揺《どうよう》するだろう。大した傷ではないから、弱みを見せてはいけない。

陣頭《じんとう》に立つ西郷《さいごう》の姿《すがた》に勇気をえて、薩摩勢《さつまぜい》は長州軍を門の外へと追いやった。もともと、長州軍は数が少ない。決死の突撃《とつげき》が撃退《げきたい》されると、崩《くず》れるのは早かった。すべての戦線で後退し、全面的に敗走をはじめた。

しかし、逃《に》げる長州軍は町に火を放っていった。強風にあおられて火は燃《も》え広がり、京の町は炎《ほのお》につつまれた。薩摩勢は西郷の命令で消火にまわったが、燃えさかる炎の前ではいかんともしがたかった。

この戦を禁門《きんもん》の変という。御所《ごしょ》に攻《せ》めこんで敗れ、町に火をつけた長州藩《はん》の評判《ひょうばん》は地に落ちた。以後、長州藩は朝廷《ちょうてい》の敵《てき》とみなされることになる。

## 2

禁門の変からしばらく、西郷は大忙《おおいそが》しだった。

戦で被害《ひがい》を受けた町の人々を助けたり、活躍《かつやく》した兵士たちに褒美《ほうび》を与《あた》えたりするほか、国もとの大久保《おおくぼ》と手紙をやりとりして、今後のことを相談している。幕府《ばくふ》は長州藩《はん》に罰《ばつ》を与《あた》えるため、軍事遠征《えんせい》を計画しているという。薩摩《さつま》藩も兵を出すよう命じられるにちがいないが、どう対応《たいおう》すべきだろうか。この機会に、目障《めざわ》りな長州を全力でたたくべきか。滅《ほろ》ぼすのに協力すれば、相応《そうおう》の見返りがあるだろう。

長州が暴走《ぼうそう》して失敗したせいで、尊皇攘夷《そんのうじょうい》も公武《こうぶ》合体も旗色が悪くなっていた。幕府の力が回復《かいふく》してきたようで、薩摩としては都合がよくない。

そうしたとき、西郷《さいごう》は幕府の臣におもしろい人物がいると聞いた。海軍をつくろうと走りまわっている男で、アメリカに行ったこともあり、軍艦奉行《ぐんかんぶぎょう》という地位についていながら、幕府の文句《もんく》ばかり言っているらしい。名を、勝海舟《かつかいしゅう》といった。神戸海軍操練所《そうれんじょ》という施設《しせつ》にいるそうだ。

「そういう人なら、ぜひ会ってみたい」

若《わか》いころから、名のある人たちと会って話を聞いて、知識《ちしき》や思想を高めてきた西郷である。いてもたってもいられなくなり、手紙を送って面会を申しこんだ。勝も、薩摩の西郷なら、と喜んで承知《しょうち》する。

元治元年《げんじ》（西暦《せいれき》一八六四年）九月、西郷《さいごう》と勝は大坂で会った。

勝はこのとき四十一歳《さい》、西郷は三十六歳である。勝はよく日に焼けた端整《たんせい》な顔立ちをしていた。体格《たいかく》はやせ気味だが、健康そうで快活《かいかつ》な笑みを浮《う》かべている。

「薩摩《さつま》は幕府《ばくふ》の味方なのかい？」

勝はいきなりたずねた。西郷は面食らいながらも、慎重《しんちょう》に答えた。

「少なくとも敵《てき》ではありません」

「それはよくない。よくないよ」

勝は小気味よく断定《だんてい》した。

「幕府の役人ってのは、上から下まで時代の読めない無能者《むのうもの》ばかりだ。おれがいくら改革《かいかく》案《あん》を出したって、聞きやしない」

勝の幕府批判《ひはん》は長くつづいた。ようするに、時代遅《おく》れであって、改革しても未来はないだろうと言う。西郷はとまどった。事前に聞いていた以上に、勝は幕府に対して批判的、そして悲観的であった。単なる文句《もんく》ではなく、理屈《りくつ》が通っているので、なるほどと納得《なっとく》させられる。

「あなたも幕府《ばくふ》の役人なのに、まるで幕府を滅《ほろ》ぼしてほしいみたいですね」

「幕府がなくなってても別にいいよ」

勝はあっさりと言った。

「おれはこの日本の国の臣だと思ってる。日本が発展《はってん》して、立派《りっぱ》な国になるんだったら、幕府はなくてもいい。むしろ、邪魔《じゃま》かもしれん」

西郷《さいごう》はおどろくと同時に感心していた。この人は、幕府を道具のひとつであるかのように話している。大切なのは日本、そしてそこに住む人々だ。その考えには、大いに納得《なっとく》できた。頭のなかの霧《きり》が晴れたようであった。進むべき道が見えたように思う。

勝はにやりと笑った。

「まあ、この話はここまでにしておこうか。おれも給料分は幕府のために働くつもりだ。それより、薩摩《さつま》と言えば、先代の斉彬《なりあきら》様にはお目にかかったことがあってな……」

勝は斉彬と面識《めんしき》があり、その博識《はくしき》と先進的な考えを尊敬《そんけい》していたという。斉彬がもう少し長く生きていたら、勝と西郷はもっと早く出会っていたかもしれない。西郷はそれを聞いて、さらに親しみがわいてきた。

「アメリカに渡《わた》ったそうですが、印象はいかがでしたか」

勝がアメリカに行ったのは、万延《まんえん》元年（西暦《せいれき》一八六〇年）のことである。幕府《ばくふ》の使節を護衛《ごえい》する軍艦《ぐんかん》・咸臨丸《かんりんまる》に乗っていた。この船には、ジョン万次郎《まんじろう》や福沢諭吉《ふくざわゆきち》も同乗している。当時のアメリカは南北戦争の前夜で、奴隷制度《どれいせいど》をめぐる南北の対立が深まっていたが、工業化が進んで活気にあふれていた。科学技術《ぎじゅつ》から議会や選挙制度《せいど》まで、江戸《えど》時代の日本人にとっては、見るもの聞くものすべてが新しく、刺激《しげき》に満ちていた。もっとも、勝の感想はひと味ちがった。

「高い地位にいる者はみんな賢《かしこ》い。我《わ》が国とはちがうね」

これを将軍《しょうぐん》の前でも言ったというのが勝の自慢《じまん》である。

西郷《さいごう》はすっかり勝の話に引きこまれてしまい、長い時間がたった。最後に、勝がたずねた。

「まもなく、幕府は長州を攻《せ》めるだろう。調子に乗った外様《とざま》の藩《はん》に、天罰《てんばつ》をくわえてやろうというつもりだ。調子に乗ってるのがどちらかは知らんがね。薩摩《さつま》はどうする？」

「これを機に、生意気な長州など滅《ほろ》ぼしてしまえ」

西郷はそこでいったん、言葉を切った。

「……と、先生とお話しするまでは思っておりました」

「おれの話で考えが変わったかい」

西郷《さいごう》がうなずくと、勝は満足そうに笑った。

薩摩《さつま》と長州は不倶戴天《ふぐたいてん》の敵《てき》である。京の人はそう思っているし、長州人もそうだろう。だが、薩摩としては必ずしもそうではない。勝の話は大げさだとしても、幕府《ばくふ》は信用できず、期待もできないとわかった。幕府を存続《そんぞく》させたままで、朝廷《ちょうてい》を中心にすえるのは難《むずか》しいかもしれない。幕府はいずれなくなる。そう考えると、幕府の先兵として長州と戦うのは得策《とくさく》ではない。また、幕府とのあいだに壁《かべ》をつくる意味でも、長州はいてくれたほうがいい。長州を滅《ほろ》ぼした幕府の矛先《ほこさき》が薩摩に向かうようでは困《こま》る。

別れぎわに、勝が言った。

「おれの弟子《でし》に、優秀《ゆうしゅう》だけど変わったやつがいるから、今度、紹介《しょうかい》しよう」

「ありがとうございます。勝先生のご紹介でしたら大歓迎《だいかんげい》です」

人との出会いが人を変え、歴史を動かしていく。そういう時代である。その人物に会うのも大いに楽しみだ。

勝の後ろ姿《すがた》が人混《ひとご》みに消えるまで、西郷《さいごう》はずっと見送っていた。口調は乱暴《らんぼう》であったが、知性《ちせい》と勇気を秘《ひ》めた言葉の数々が、心に残っている。斉彬《なりあきら》とはじめて会ったときのように、この会見が自分を変えると感じた。

西郷は大久保《おおくぼ》への手紙で、知略《ちりゃく》にあふれる大人物に会った、と喜びを表現《ひょうげん》した。勝もまた、同様の気持ちであった。英傑《えいけつ》は英傑を知るという。ふたりが会って互《たが》いに認《みと》め合ったことは、のちの歴史の展開《てんかい》に大きくかかわってくる。

西郷の前に現《あらわ》れた男は、ぼさぼさの頭で、無精《ぶしょう》ひげを生やしていた。着物も薄汚《うすぎたな》く、いかにも浪人《ろうにん》という風情《ふぜい》であったが、目はきらきらとしていて情熱《じょうねつ》にあふれ、自信たっぷりの笑みを浮《う》かべていた。

どこから見てもあやしい風体《ふうてい》だ。大ぼらを吹《ふ》いて、金をまきあげようというのではないか。勝の紹介《しょうかい》でなければ、いくら西郷でも会うのをためらったかもしれない。

「おれは坂本龍馬《りょうま》と言います。土佐藩《とさはん》を抜《ぬ》け出して、今は勝先生のところで船の動かし方なんかを勉強しています」

「私《わたし》が薩摩《さつま》の西郷《さいごう》です」

西郷は龍馬《りょうま》と名乗る男をじっくりと観察した。その大きな目で見つめられると、たいていの者はひるむが、龍馬はしっかりと見返してくる。

「おれの顔に飯つぶでもついてますか」

龍馬はほおをさわってたしかめた。西郷は苦笑してたずねた。

「どうして脱藩《だっぱん》したのですか」

「いやいや、最初にそれを聞きますか。西郷さんもお人が悪い」

やけに親しげに言われて、西郷は眉《まゆ》をひそめた。が、とまどっただけで、不快《ふかい》には感じない。

小さな座敷《ざしき》で向かい合うふたりの前には、茶とキセルがおかれている。西郷は茶をひと口飲んだ。龍馬はすでに半分は飲んでいる。

「実はおれが脱藩した事情《じじょう》には、西郷さんもからんでまして……」

西郷が奄美大島《あまみおおしま》から帰ってきたときのことである。久光《ひさみつ》が兵をひきいて京に向かうと、その目的を誤解《ごかい》した尊皇攘夷派《そんのうじょういは》の志士《しし》たちが決起しようとした。龍馬もそれにさそわれて、脱藩《だっぱん》したという。

西郷《さいごう》は当時、志士《しし》たちの行動を止めるため、命令に反して下関から京にのぼった。その直後、龍馬《りょうま》は下関を訪《おとず》れている。下関には尊皇攘夷派《そんのうじょういは》の志士たちの根城《ねじろ》となっていた商家があって、そこにいた友人をたずねたのだ。実は、それが西郷が平野国臣《くにおみ》と会った場所であった。

西郷と龍馬は、もう少し早く会っていた可能性《かのうせい》もあったのだ。

「薩摩《さつま》が挙兵するというのはうそだ、と聞いたので、結局、京には行かなかったんです」

「それは何よりでした」

あのとき、京にいた志士には、志《こころざし》などない、ただの乱暴者《らんぼうもの》が多かった。この男はどうだろうか。

「こんなことなら、脱藩しなくてよかったんじゃないかと思いましたよ。でも、上役の命令を聞いたり、決まりを守ったりしなくていいんで、今はやっぱりよかったなと」

脱藩という選択《せんたく》ができる者を、西郷はまぶしく思う。脱藩したら最後、故郷《こきょう》には帰れない。過去《かこ》を断《た》ち、家族を断って、志のために生きる。自分にはそれはできなかった。すべての希望を失ったときも、薩摩藩士《さつまはんし》として死のうと思った。

「それからまず、九州の諸藩《しょはん》をまわったんですけどね……」

龍馬《りょうま》は身振《みぶ》り手振りに声音も使って、旅の話を語った。臨場感《りんじょうかん》にあふれていて、つい引きこまれてしまう。

「一番楽しかったのは……長崎《ながさき》かなあ。異国《いこく》の雰囲気《ふんいき》があるし、娘《むすめ》たちも着飾《きかざ》っていて、目が楽しい。あ、もちろん、勉強にもなります。外国人の商売の仕方がとてもおもしろくて……カンパニーって知ってます？」

西郷《さいごう》は首を横に振った。龍馬がうれしそうに説明をはじめる。

「お金を出し合ってカンパニーをつくって商売をして、もうかったらお金を出した人に、配当といってお金を配るんです。そのお金を出したという身分は売り買いすることができて……」

ふむふむ、と西郷はうなずいたが、理解《りかい》できたのは半分くらいだ。もっとも、次に龍馬が言い出すことは予測《よそく》できた。

「おれもカンパニーをつくってみたい。西郷さんも、一枚《まい》かみませんか。十両でも一両でもいい。損《そん》はさせませんよ、たぶん」

やはりきた。「たぶん」とつけくわえるあたり、おもしろい人物ではあるが、さすがに信用はできない。

「まあ、おいおい考えておきましょう」

西郷《さいごう》はやや強引《ごういん》に話を変えた。

「それより、尊皇攘夷《そんのうじょうい》の脱藩浪人《だっぱんろうにん》がどうして勝先生の弟子《でし》になったのですか」

「そうそう、それです」

龍馬《りょうま》は身を乗り出した。

「勝先生は日本で一番えらい方です。そう思いませんか。最初は江戸《えど》で会ったんですが、海外のことを教えてもらって、これからは開国して国を強くしないといけないと学びました。重要なのは海軍だというので、おれも軍艦《ぐんかん》について勉強してるんです」

勝は龍馬を高く買っており、土佐藩主《とさはんしゅ》に頼《たの》んで、脱藩の罪《つみ》を許《ゆる》してもらったという。それ以後、勝のもとには、土佐藩士が多く集まっている。

「勝先生はアメリカやイギリスに負けない、日本の海軍をつくろうとしているのです。おれも先生に協力して、立派《りっぱ》な海軍をつくりたいと思うんです」

途方《とほう》もない夢《ゆめ》をまっすぐに語る男である。まるで子供《こども》のように目を輝《かがや》かせている。あまりに無邪気《むじゃき》な態度《たいど》がまぶしくて、西郷《さいごう》は少し意地の悪い気持ちになった。

「先ほどはカンパニーをつくりたいと言ったではありませんか。海軍とどちらが先なのですか」

龍馬《りょうま》は事もなげに答えた。

「じゃあ、カンパニーで海軍をつくります」

「カンパニーは商いをするのではありませんか」

「物を売るだけが商いではないでしょう」

口調がさらに熱を帯びていく。

「海軍をつくって、必要なところに貸《か》すんです。もちろん、お金はもらいます。だれにでも、というわけではありません。幕府《ばくふ》なんかには頼《たの》まれても貸しませんよ」

「ほほう」

西郷はすなおに感心していた。よくそのような奇抜《きばつ》な商売を考えるものだ。

「薩摩藩《さつまはん》には貸《か》してくれるのか」

「薩摩藩にも長州藩にも貸しますよ」

長州、と聞いて、西郷《さいごう》は反射的《はんしゃてき》に顔をしかめた。勝の話で考えを改めたものの、まだ長州は敵《てき》だという意識《いしき》は抜《ぬ》けない。

「西郷さん、あなたは骨《ほね》の髄《ずい》まで薩摩の人だ。だけど、こう考えたことはありますか？」

龍馬《りょうま》の眼光《がんこう》がするどくなった。

「勝先生は幕府《ばくふ》はいずれなくなるとおっしゃいます。その先、薩摩藩という枠組《わくぐ》みは必要ですか？　もっと大きな枠で……日本という国全体のことを考えたほうがいいかもしれませんよ」

「国全体ですか」

西郷はキセルを手にして、目の上のつぼを押《お》していた。難《むずか》しいことを考えるときのくせである。

たしかに、藩をつくったのは幕府だ。しかし、島津家《しまづけ》が支配《しはい》する国はずっと昔からあった。それがなくなるわけではなかろう。とはいえ、外国人がやってきている状況《じょうきょう》からすると、勝の言うように、日本というまとまりでものを考えるべきなのかもしれない。

気がつくと、辺りは薄暗《うすぐら》くなっていた。予定の時間を大はばに超《こ》えている。西郷《さいごう》は頭を下げた。

「いやはや今日は勉強になりました。さすがに勝先生の一番弟子《でし》です」

「またお話ししたいですね。それから、薩摩《さつま》にもぜひ行ってみたいな。この前は追い返されてしまったから」

「それは申し訳《わけ》ない。よそ者には厳《きび》しい土地ですから。ですが、私《わたし》がいっしょにいれば大《だい》丈夫《じょうぶ》です。今度、薩摩の焼酎《しょうちゅう》と豚肉《ぶたにく》をご馳走《ちそう》しましょう」

「それは楽しみだなあ。必ずですよ」

その日の夜、西郷の夢《ゆめ》に龍馬《りょうま》があらわれて、日本の未来について語った。あまりに真に迫《せま》っていたので、西郷はまったく寝《ね》た気がしなかった。それほど印象深い男だったのだ。

勝と龍馬に出会って、西郷は視野《しや》と思考のはばを広げた。自分たちのやるべきことが、ぼんやりと見えてきたような気がしていた。

一方、龍馬《りょうま》は師匠《ししょう》の勝に、西郷《さいごう》との対面について報告《ほうこく》していた。

「どうだった？　でかいのは図体ばかりではなかっただろう」

「はい、あんな人ははじめてですよ」

龍馬は髪《かみ》をかきまわしながら、振《ふ》り返った。

「とらえどころのない人です。大きくたたけば大きく応《こた》え、小さくたたけば小さく応《こた》える。そういう人でありましょう」

「西郷は太鼓《たいこ》で、おまえはバチか」

「そんなところですかね。とにかく、おれは気に入りましたよ。あれだけ話を聞いてくれる人はいません」

志士《しし》たちはみな自分の考えをもっているので、とかく話したがる。西郷のような聞き上手はまれであった。

「あいかわらず生意気だねえ」

勝は龍馬をたたくまねをしたあと、つぶやいた。

「ならば、おまえはあの男に託《たく》すか……」

# 3

禁門《きんもん》の変からしばらくして、幕府《ばくふ》は長州征伐《せいばつ》の方針《ほうしん》をかためた。総大将《そうだいしょう》は元尾張藩主《おわりはんしゅ》の徳川慶勝《とくがわよしかつ》がつとめる。将軍家茂《しょうぐんいえもち》も、支持者《しじしゃ》の多い慶喜《よしのぶ》も表には出てこず、幕府としては全力をあげるとは言えない陣容《じんよう》だ。

総大将の慶勝はあまり積極的ではなく、軍議の席でもあくびばかりしている。

「諸藩《しょはん》の軍勢《ぐんぜい》に任《まか》せておけばよいだろう。早めに降伏《こうふく》してくれると楽なのだがなあ」

長州征伐の軍勢は、西国の藩を中心に十五万を数える。薩摩《さつま》藩は西から攻《せ》める軍の先鋒《せんぽう》を任されて、小倉に本陣《ほんじん》をおいていた。

西郷《さいごう》は勝との会見以来、長州を滅《ほろ》ぼしてはならないと思っている。戦がはじまる前に降伏させて、開戦をさけるのが一番いい。長州藩の上層部《じょうそうぶ》は弱気になっており、厳《きび》しい条《じょう》件《けん》でも受け入れると思われた。

西郷《さいごう》が考えた条件《じょうけん》のうち、重要なのはふたつだ。三家老の切腹《せっぷく》と五卿《きょう》の追放である。まず、藩《はん》の政治《せいじ》をおこなっていた家老たちに禁門《きんもん》の変の責任《せきにん》をとらせる。五卿というのは、八月十八日の政変で京を追われた尊皇攘夷派《そんのうじょういは》の公家のうち、長州に逃《のが》れて生き残っている五人のことである。彼《かれ》らを捕《と》らえて江戸《えど》に送る。五卿がいると、尊皇攘夷を実行する動機となるので、幕府《ばくふ》としては引きはなしたいはずだ。

西郷は薩摩《さつま》藩の代表として、大坂での軍議に参加した。そこで、総大将《そうだいしょう》の慶勝《よしかつ》に申し出る。

「これらの条件でよろしいなら、私《わたし》が交渉《こうしょう》をまとめてまいります」

慶勝は大いに喜んだ。

「充分、充分。それで戦にならずにすむなら、大歓迎《だいかんげい》だ」

西郷は長州征伐《せいばつ》軍の参謀《さんぼう》に任命《にんめい》され、降伏《こうふく》交渉を任《まか》されることになった。さっそく、岩国におもむいて交渉をはじめる。総攻撃《こうげき》の日時はすでに決まっているから、時間をかけてはいられない。

長州も戦いたくはないから、あっさりと条件を飲んだ。家老たちは切腹し、首が送られてきた。

ところが、そこからが問題だった。長州には、高杉晋作《たかすぎしんさく》の奇兵《きへい》隊をはじめとする義勇兵《ぎゆうへい》の部隊がいくつかある。奇兵隊は身分を問わないため、部隊を構成《こうせい》するのは百姓《ひゃくしょう》や町人など、武士《ぶし》ではない者たちが多い。彼《かれ》らは熱烈《ねつれつ》な尊皇攘夷派《そんのうじょういは》である。追放されそうになった五卿《きょう》は、これらの諸《しょ》部隊に守られて、抵抗《ていこう》をこころみた。

また、小倉に集まっていた征伐《せいばつ》軍の一部が、降伏《こうふく》の条件《じょうけん》が長州に甘《あま》すぎると主張《しゅちょう》して反発した。薩摩《さつま》を含《ふく》めた九州の諸藩《はん》は、戦うつもりで集まってきているので、簡単《かんたん》には引き下がれないのだ。

西郷《さいごう》はまず、小倉におもむいて、反対派を説得した。幕府《ばくふ》に近い藩に対しては、内戦の危険《きけん》を訴《うった》える。

「諸外国がこの日本を狙《ねら》っている今、無用な内戦はさけるべきです。兵士たちの血を流さずにすむなら、それが最善《さいぜん》ではないでしょうか」

一方、尊皇の藩に対しては、こっそりと伝えた。長州が滅《ほろ》びれば、次はそちらの番かもしれないと。

そうして征伐軍《せいばつ》をまとめると、西郷《さいごう》は関門海峡《かいきょう》を渡《わた》って下関に乗りこんだ。五卿《きょう》や諸《しょ》部隊の代表たちと直接《ちょくせつ》、話をするためだ。各地の志士《しし》と交流があり、下関に滞在《たいざい》したこともある西郷ならではの行動である。あの西郷なら、ということで、襲《おそ》われずに話をすることができた。

「五卿の方々には、福岡《ふくおか》に移《うつ》っていただきたいと考えています」

西郷は譲歩《じょうほ》した条件《じょうけん》を伝えた。五卿は江戸《えど》に送られて殺されるのではないかとおそれている。福岡なら、その心配は薄《うす》れるだろう。すでに福岡藩《はん》の了解《りょうかい》はとってある。

条件が飲めないなら、総攻撃《そうこうげき》をかけるしかない。

「降伏《こうふく》されないのであれば、私《わたし》は攻撃を止めることはできません。もはや和平の道はなく、征伐軍は長州を滅《ほろ》ぼすまで戦うでしょう。それよりは、ここでいったん頭を下げて、しかるのちに改めて道をさがしたほうがいいのではありませんか」

まわりくどい言い回しで、西郷は伝えた。今はかなわなくても、これから先、幕府《ばくふ》に対《たい》抗《こう》できる時期が来るのではないか、と。

相手のひとりが言った。

「薩摩《さつま》は許《ゆる》せない。幕府《ばくふ》と同じくらい嫌《きら》いだ。しかし、西郷殿《さいごうどの》の言うことであれば、信じてもいい」

西郷が久光《ひさみつ》と対立して島流しにあったことは知られている。尊皇派《そんのうは》として斉彬《なりあきら》のもとで活動していた西郷は、志士《しし》たちの希望をたたきつぶしてきた薩摩とはちがうと見られていた。

「よろしい。福岡《ふくおか》に下ろう」

五卿《きょう》の代表が承知《しょうち》して、交渉《こうしょう》は成立した。

役目を果たした西郷は、本陣《ほんじん》のある広島に行って総大将《そうだいしょう》に報告《ほうこく》した。

「すぐに軍を解散《かいさん》しましょう」

西郷が急いでいるのは、長州で内乱《ないらん》がはじまったという情報《じょうほう》がもたらされたからだった。高杉の奇兵隊《きへいたい》が反乱を起こしたのである。降伏《こうふく》を決めた今の上層部《じょうそうぶ》には力がない。高杉のような主戦派が勝利して権力《けんりょく》をにぎるかもしれない。そうなったら、今度は戦わなければならないだろう。その前に、解散してしまおう。

戦いたくない慶勝《よしかつ》は、この提案《ていあん》に乗った。

「やっかいごとには巻《ま》きこまれたくない。これでめでたしめでたしだ」

こうして、一回目の長州征伐《せいばつ》は終わった。西郷《さいごう》は小倉に行って解散《かいさん》命令を伝えたあと、鹿児島《かごしま》へ帰った。

長州では結局、主戦派《は》が勝って政権《せいけん》をにぎり、幕府《ばくふ》との対決へと動いていく。

## 4

慶応《けいおう》元年（西暦《せいれき》一八六五年）一月、鹿児島に戻《もど》った西郷は、禁門《きんもん》の変以来の事情《じじょう》を久光《ひさみつ》に報告《ほうこく》した。西郷の働きによって、薩摩藩《さつまはん》が発言力を高めたのはまちがいない。久光はいやいやながら功績《こうせき》をたたえ、褒美《ほうび》をよこした。

久光との話が終わると、どっと疲《つか》れが出る。家に帰ってゆっくり休もうと思っていると、大久保《おおくぼ》が何やら含《ふく》み笑いをしつつ近づいてきた。

「西郷、ちょっと相談がある。ついてこい」

いつもとちがう表情《ひょうじょう》を見て、西郷《さいごう》はけげんに思った。何の相談だろう、と警戒《けいかい》しながら、大久保《おおくぼ》にしたがって城《しろ》を出る。

城門《じょうもん》を出てしばらく歩いたところで、大久保は切り出した。

「おぬし、嫁《よめ》をもらえ」

「はあ？」

西郷は素《す》っ頓狂《とんきょう》な声をあげた。大きな目は飛び出しそうなほどに見開かれている。

「おぬしも知っているだろう。おれは一度失敗しているし、奄美《あまみ》には妻《つま》も子供《こども》もいる。どうして今さら縁談《えんだん》が来るのだ」

「鹿児島《かごしま》ではひとりだろう。地位ある者がひとり身では、かっこうがつかん」

西郷は今、お側役という役職《やくしょく》についている。薩摩藩《さつまはん》を代表して幕府《ばくふ》や朝廷《ちょうてい》と交渉《こうしょう》しているので、それに見合った役職へと出世していた。今後、さらに地位は高くなるだろう。

「ならば、奄美から愛加那《あいがな》を呼《よ》ぶ」

「ならん。おぬしのためにしきたりを変えている場合ではない」

大久保はぴしゃりと言った。古くからの決まりを変えるには、時間も手間も労力もかかる。今はほかにやるべきことがあった。

「しかし、だなあ」

西郷《さいごう》はなお、ぐずぐずとしていた。鹿児島《かごしま》で家庭をもつ必要があるのはわかる。家を守るのが重要な時代に、地位の高い者が独身《どくしん》であってはならない。だが、今後も京や大坂で働く機会が多く、鹿児島にいられる時期はかぎられるだろう。最初の失敗が頭に浮《う》かんで、すぐには受け入れられない。

「おぬしが二の足を踏《ふ》むのはわかっていた。だから、もう相手も日取りも決まっている。久光《ひさみつ》様もご承知《しょうち》だ。観念せい」

そこまで決まっていては拒否《きょひ》できない。西郷は覚悟《かくご》を決めて、あいさつに出向いた。相手は岩山直温《なおあつ》という薩摩藩士《さつまはんし》の娘《むすめ》でイトという。二十一歳《さい》と若《わか》いが、再婚《さいこん》だそうで、西郷はなぜかほっとした。

「うちは貧乏《びんぼう》で借金があるし、私《わたし》は家を空けることが多い。おまけに久光様に嫌《きら》われているので迷惑《めいわく》をかけるかもしれない。それでもいいだろうか」

西郷が言うと、岩山はとんでもない、と頭を下げた。

「あなた様とはとてもつりあわない、ふつつかな娘《むすめ》です。もらっていただくだけで光栄です」

イトはきゃしゃな体格《たいかく》で、意志《いし》の強そうな瞳《ひとみ》をしていた。

「せいいっぱい、西郷様《さいごう》のお世話をいたします」

西郷は頭をかいた。そんなにえらくなったつもりはないが、まわりはもてはやしてくれる。名声があがると、他藩《たはん》との交渉《こうしょう》には役立つが、内ではうっとうしいことが多い。収入《しゅうにゅう》が増《ふ》えたらぜいたくをしようとか、家族に楽をさせようなどとは、西郷は考えない。せいぜい借金を返すくらいだ。

「ぜいたくしたいとは思いません。西郷様を支《ささ》えることで、藩のためにつくしたいと思っています」

そう言うイトを西郷は好ましく感じ、ふたりは祝言《しゅうげん》をあげた。

しかし、ふたりがゆっくり暮《く》らすひまはなかった。西郷は福岡《ふくおか》に寄《よ》って、再《ふたた》び京へと向かう。

第一次長州征伐《せいばつ》の結果に、幕府《ばくふ》は納得《なっとく》していなかった。総大将《そうだいしょう》の徳川慶勝《とくがわよしかつ》が自分勝手に降伏《こうふく》を受け入れたと怒《おこ》っている。五卿《きょう》の福岡《ふくおか》行きにも不満である。さらに、長州の内戦で、幕府《ばくふ》に敵対《てきたい》する勢力《せいりょく》が勝利すると、厳《きび》しい処分《しょぶん》を望む声が大きくなった。

そうした声におされて、第二次長州征伐《せいばつ》の計画がもちあがってきた。西郷《さいごう》は京に残っていた家老の小松帯刀《たてわき》と話し合い、他藩《たはん》の動向をさぐりつつ、対応《たいおう》を相談した。

「今のところ、幕府の命令があっても、兵を出すべきではないと、私《わたし》は考えています」

西郷の意見に小松はうなずいた。

「それがよろしいでしょう。我《われ》らが命令を拒否《きょひ》すれば、その動きは他藩に広がります。幕府にとがめる力はないでしょう」

それだけ、幕府の力が弱くなっている。勝海舟《かいしゅう》が言うように、幕府の政治《せいじ》を改革《かいかく》しようとしても無駄《むだ》なのかもしれない。もはや、滅《ほろ》びるのみだということだ。ならば、幕府とともに滅びるのではなく、滅ぼす側にまわり、先頭に立って、新しい時代を切りひらく。そういうことを考えるべきだろう。しかし、まともに幕府を相手にするなら、薩摩《さつま》だけでは力不足だ。味方を増《ふ》やさなくてはならない。海外に目を向けるべきだろうか、それとも……。

西郷《さいごう》は考えながら、京から鹿児島《かごしま》へ戻《もど》った。帰りの船旅には、小松にくわえ、坂本龍馬《りょうま》も同行した。

実は、勝は幕府《ばくふ》をしつこく批判《ひはん》したことによって軍艦奉行《ぐんかんぶぎょう》をやめさせられていた。神戸海軍操練所《そうれんじょ》は廃止《はいし》になり、弟子《でし》の龍馬は行き場をなくした。そこで、勝は龍馬を西郷にあずけたのだった。勝は最初からそれを狙《ねら》って、龍馬を紹介《しょうかい》したのではないかと、西郷は思う。

勝は言った。

「こいつは使いようによっては大仕事をする男だ。力があり余《あま》っているから、こき使ってやってくれ」

龍馬はまったく遠慮《えんりょ》するところがない。

「西郷さん、カンパニーの件《けん》は考えてくれたか？　長崎《ながさき》のグラバーさんが後ろ盾《だて》になってくれるから、絶対《ぜったい》もうかるぞ」

グラバーは、長崎で手広く商売をしているイギリス人だ。薩摩藩《さつまはん》ともつながりがある。

「それについては、薩摩に戻ってから話そう」

「お、期待してるぞ」

にかっと笑う龍馬《りょうま》である。


鹿児島《かごしま》に戻《もど》った西郷《さいごう》は、久光《ひさみつ》をはじめとするお偉方《えらがた》に情勢《じょうせい》を報告《ほうこく》し、藩士《はんし》たちに説明して、長州へは出兵しない方針《ほうしん》で藩をまとめあげた。

龍馬は西郷の屋敷《やしき》に泊《と》まっている。

「ぼろ屋敷だな。西郷さんらしい」

最初に案内されたとき、龍馬は失礼な感想を言いながら、たたみの上に寝転《ねころ》んだ。屋敷がぼろなのは事実である。なかでも雨漏《あまも》りがひどかったので、イトが耳打ちした。

「旦那様《だんなさま》、屋根を修理《しゅうり》してくださいませんか。お客様に失礼になります」

西郷は天井《てんじょう》を見上げて、首を横に振《ふ》った。

「今は日本中が雨漏りしている。我《わ》が家を直している場合ではない」

この言葉をこっそりと聞いて、龍馬は大きくうなずいた。

「さすがは西郷さん。しかし、雨にぬれて寝るのは勘弁《かんべん》だな。仕方ない。おれがひと肌脱《はだぬ》ぐか」

翌日《よくじつ》、龍馬《りょうま》はどこからか道具を借りてきて屋根にあがり、さっさと修理《しゅうり》してしまった。

「ありがとう。助かった」

礼を言う西郷《さいごう》に、龍馬は人なつっこい笑顔を向けた。

「これくらい、どうってことはない。それより、カンパニー……」

「わかった。金を出そう」

龍馬は一瞬《いっしゅん》、おどろいたが、すぐにうんうん、とうなずいた。

「屋敷《やしき》はぼろぼろでも、出すべきところには金を出す。立派《りっぱ》な心がけだ。さすがに大人物はちがう。で、いくら出す？」

「さて、とりあえず千両くらいかな」

龍馬は今度こそ絶句《ぜっく》した。個人《こじん》が出せるような額《がく》ではない。西郷は大笑いして告げた。

「出すのはおれではない。薩摩藩《さつまはん》だ」

「……それは困《こま》るなあ」

龍馬はえらそうに言った。

「薩摩藩《さつまはん》に金を出してもらったら、薩摩藩のために仕事をしないといけない。おれは自分の考えで動きたいんだ」

そう言うのはわかっていた。もちろん、西郷《さいごう》は薩摩藩のために働いてもらうつもりである。

「その調子で金を集めていたら、カンパニーをつくるのに何年かかる？　ここで承知《しょうち》したら、来月にでも商売をはじめられるぞ。別に、一から十まで命令するつもりはない。たまに我《われ》らの仕事をしてもらって、あとは、敵《てき》の役に立つことがなければ、それでいい」

龍馬《りょうま》の目つきがするどくなった。

「薩摩藩にとって敵とは？」

「大きな声では言えん」

「なるほどなあ」

龍馬は腕組《うでぐ》みして、考えるそぶりをしたが、すぐに腕をといた。

「よし、それでいこう。薩摩藩はともかく、西郷さんは信用できる。じゃあ、おれは長崎《ながさき》に行って準備《じゅんび》にかかるよ」

腰《こし》の軽い男である。走り出そうとした龍馬《りょうま》は、ふと振《ふ》り返った。

「ところでな、西郷《さいごう》さん」

近寄《ちかよ》って、声をひそめる。

「薩摩《さつま》は長州と組む気はないのか？」

西郷は反射的《はんしゃてき》に眉《まゆ》をひそめていた。

「難《むずか》しいな」

「でも、長州攻《ぜ》めにはもう、兵を出さないんだろ」

「だからといって、ともに戦う気にはなれぬ」

禁門《きんもん》の変を戦った西郷にとって、長州の印象は悪かった。どのような事情《じじょう》があっても、御所《ごしょ》に向けて大砲《たいほう》を撃《う》つような者たちとはくつわを並《なら》べたくない。

「組んだら強いと思うけどな。まあ、いい。考えておいてくれ」

風のように去っていく龍馬を見送って、西郷は首をかしげた。つきあいは長くないのに、いつのまにか、古くからの友人のように話していた。つくづく、不思議な男であった。

# 五章

# 薩《さっ》長《ちょう》同《どう》盟《めい》

## 1

慶応《けいおう》元年（西暦《せいれき》一八六五年）夏、坂本龍馬《りょうま》は仲間を集めて亀山社中《かめやましゃちゅう》をつくった。長崎《ながさき》の亀山を拠点《きょてん》にして貿易《ぼうえき》や輸送《ゆそう》をおこなう会社である。

龍馬はこのころ、尊皇攘夷派《そんのうじょういは》の志士《しし》たちに、雄藩《ゆうはん》連合の構想《こうそう》を語っていた。雄藩というのは、薩摩《さつま》や長州、土佐《とさ》といった、力のある藩のことである。これらが連合すれば、幕府《ばくふ》に対抗《たいこう》できる。なかでも、対立している薩摩と長州が手を組めば、勢力図《せいりょくず》は大きく変わる。この同盟《どうめい》は新たな時代の扉《とびら》を開くだろう。

しかし、薩摩藩士の多くは、長州との同盟に賛成《さんせい》ではない。長州征伐《せいばつ》にくわわらないことは納得《なっとく》できても、同盟となると二の足をふんでしまう。西郷《さいごう》はこの件《けん》について、大久保《おおくぼ》と話し合った。

大久保はまず言った。

「確認《かくにん》しておこう。もはや、幕府《ばくふ》中心の政治《せいじ》ではやっていけぬ。そうだな」

「まちがいない」

今の幕府は、将軍《しょうぐん》や老中を中心とする江戸《えど》と、一橋慶喜《よしのぶ》や会津藩主《あいづはんしゅ》の松平容保《かたもり》を中心とする京の勢力《せいりょく》が対立している。また、今回の第二次長州征伐《せいばつ》の計画で明らかになったように、とくに西日本の藩は、幕府の命令をすなおに聞かなくなっていた。幕府はもはや、日本をまとめるだけの政治力をもっていない。

「公武合体《こうぶ》は夢《ゆめ》に終わったようだ」

西郷《さいごう》はさびしさを覚えつつも認《みと》めざるをえなかった。朝廷《ちょうてい》と幕府を結びつける斉彬《なりあきら》の構想《こうそう》は、当時としては正しかったと思う。しかし、今の状況《じょうきょう》では、幕府にそこまでの価値《かち》はない。

「うむ。それにかわる目標として、雄藩《ゆうはん》連合というのは、たしかにありえるな」

大久保《おおくぼ》が述《の》べた。幕府は解体《かいたい》し、たとえば、徳川《とくがわ》家もひとつの藩として、いくつかの藩が集まって朝廷を支《ささ》える。そういった政治体制《たいせい》をめざすのが現実的《げんじつてき》ではなかろうか。

西郷はため息をついた。

「だとすると、長州とも手をたずさえるべきか」

「理屈《りくつ》ではそうなる。おれは実際《じっさい》に戦ったわけではないから、単純《たんじゅん》にそう思う。だが、おぬしのように、割《わ》り切れない者も多かろう。対等の同盟《どうめい》などと言ったら、上からも下からも責《せ》められるにちがいない」

「向こうが我《われ》らの下につくなら、問題はないのだがなあ」

西郷《さいごう》はつぶやいたが、おそらくそれは無理だろうと考えている。そこで引くような者たちなら、御所《ごしょ》に攻《せ》めこんだりしない。ただ、状況《じょうきょう》としては、長州は幕府《ばくふ》の大軍に攻められようとしているのだから、向こうからお願いしてくるべきだ。

「軍事力はどうなのだ。味方に引き入れるだけのものがあるのか」

「先の内戦で傷《きず》ついているはずだが、兵を増《ふ》やして武器《ぶき》を買い集めているといううわさもある。よく調べてみなければならない」

「一度、長州へ行って、向こうの話を聞いてみるのもいいかもしれんぞ」

その役割《やくわり》は、西郷にしか果たせない。先日も、長州の志士《しし》たちと話し合って、五卿《きょう》の問題をとりあえず解決《かいけつ》したばかりである。

西郷《さいごう》と大久保《おおくぼ》がふたりとも鹿児島《かごしま》にいるのはめずらしい。このときも、大久保はほどなくして京にのぼった。

西郷のもとには、龍馬《りょうま》の友人だという中岡慎太郎《なかおかしんたろう》がたずねてきた。土佐藩《とさはん》出身の志士《しし》で、脱藩《だっぱん》して長州軍とともに戦ってきた男である。

「西郷殿《どの》、一度、長州の桂小五郎《かつらこごろう》殿に会ってくださらんか。薩摩《さつま》と長州が仲が悪いのは知っていますが、人と人が話せば、またちがった印象になるでしょう」

桂小五郎は今、長州藩の政治《せいじ》を動かしている男だ。少年のころから、学問にすぐれた才能《さいのう》をしめす一方、剣《けん》の達人としても知られている。何度も危機《きき》におちいって、殺されそうになりながら、寸前《すんぜん》で逃《に》げおおせるので、「逃げの小五郎」というあだ名があった。前回の長州征伐《せいばつ》では、切腹《せっぷく》させられてもおかしくなかったが、禁門《きんもん》の変以来、様々な場所にひそんでおり、行方《ゆくえ》が知れなかったため、難《なん》を逃《のが》れた。そして、内戦で高杉晋作《しんさく》らの主戦派《は》が勝利すると、再《ふたた》び表舞台《おもてぶたい》に戻《もど》ってきたのだ。

「先方はどういう考えなのですか。桂殿が頭を下げて頼《たの》んでくるなら、私《わたし》も藩をまとめられるかもしれませんが」

「上下関係がある同盟《どうめい》では、うまく行きますまい。雄藩《ゆうはん》が対等の立場で手を取り合ってこそ、意味があるものと考えます」

「それが長州の考えですか。今の状況《じょうきょう》で対等というのは、なかなか難《むずか》しいですな」

「そのあたりを話し合うためにも、一度会ってみてはどうでしょう」

西郷《さいごう》は承知《しょうち》した。長州は軍の改革《かいかく》を進めているともいうから、その成果も見てみたい。同盟については、そのあとで大久保《おおくぼ》や小松と相談しよう。こうして、西郷は中岡《なかおか》とともに、桂《かつら》の待つ下関へ向かった。


下関では、会談の場となる屋敷《やしき》で、桂小五郎《こごろう》が西郷を待っていた。彼《かれ》を説得して、西郷との会見にみちびいたのは、坂本龍馬《りょうま》であった。

「坂本君は、やけに西郷という男を買っているみたいだが、さて、どれほどのものかな」

桂はこのとき三十一歳《さい》だが、すらりとした体格《たいかく》と、端整《たんせい》な顔立ちで実際《じっさい》の年齢《ねんれい》より若《わか》く見えた。物腰《ものごし》がやわらかい一方で、立ち姿《すがた》には風格《ふうかく》がある。

桂とともに長州藩を引っ張《ぱ》る高杉晋作《しんさく》はまだ二十五歳である。長州の指導者《しどうしゃ》たちはおどろくほど若《わか》い。高杉は先日、西郷《さいごう》と会っており、「大きな男だ」と感想を述《の》べていた。それで、桂《かつら》も期待をつのらせている。

「西郷さんの長所は欲《よく》がないこと、それから義理堅《ぎりがた》いこと。とにかく、器の大きい人だ。それは会えばわかる」

「そういう人は早死にしそうなものだけどね」

桂の微笑《びしょう》に苦みがまじった。

「純粋《じゅんすい》に国やら藩《はん》やらのことを考えている人は、長生きできない世の中だよ」

「桂さんはどうなんだい？」

「僕《ぼく》は最後まで生き残るつもりだよ。甘《あま》い汁《しる》をいっぱい吸《す》うんだ」

廊下《ろうか》を走る音がして、ふたりの会話はさえぎられた。

障子《しょうじ》がひらいて、中岡慎太郎《なかおかしんたろう》があらわれる。

「おお、着いたか」

龍馬《りょうま》の笑みは、中岡の表情《ひょうじょう》を見ておりついた。中岡が、すばやく桂に礼をして、龍馬に耳打ちする。

龍馬《りょうま》は桂《かつら》に向き直って、たたみに手をついた。

「桂さん、すまない」

「どうした？」

桂が目を細めた。片《かた》ひざをついて、いつでも立ち上がれる体勢《たいせい》をとっている。

「西郷《さいごう》さんが来られなくなったらしい」

「何だって！」

怒気《どき》がほとばしった。

「どこが義理堅《ぎりがた》いんだ。やっぱり薩摩《さつま》は薩摩じゃないか。これっぽちも信用できない」

「待ってくれ、桂さん。これには事情《じじょう》があって……」

「聞きたくない。これでは同盟《どうめい》の話は無理だ」

去っていく桂を、龍馬は肩《かた》をすくめて見送った。また、一からやり直しであった。

西郷が予定を変更《へんこう》したのは、大久保《おおくぼ》からの急使が船を追いかけてきたからだった。

「すぐに京へ来てほしい」

将軍《しょうぐん》家茂《いえもち》が、長州征伐《せいばつ》の指揮《しき》をとるために上京したという。幕府《ばくふ》が本腰《ほんごし》を入れてきたということだ。京の情勢《じょうせい》が一変するおそれがあり、こちらも細心の注意を払《はら》って対応《たいおう》しなければならない。

西郷《さいごう》は下関に寄《よ》ってから上京するつもりだったが、それでは数日到着《とうちゃく》が遅《おく》れてしまう。直接《ちょくせつ》、京へ行くことにした。長州をたずねるのは、落ちついてからのほうがいい。

大久保《おおくぼ》は京において、二度目の長州征伐には反対するよう、諸藩《しょはん》を説得していた。西郷もこの運動にくわわる。将軍が上京したのは、長州征伐について、朝廷《ちょうてい》の許可《きょか》を得るためでもあるから、それを止める交渉《こうしょう》もしなければならない。

幸いなことに、積極的に出兵しようという藩はまだ少なかった。薩摩《さつま》が兵を出さないなら、参加しないと言ってくれる藩もある。

一段落《だんらく》して大久保が帰国すると、京に残った西郷は、下関の件《けん》が気になりはじめた。ちょうどそこへ、龍馬《りょうま》がたずねてきた。

「西郷さん、ひどいぞ」

開口一番で責《せ》められて、西郷は頭をかいた。

「すまない。状況《じょうきょう》が状況だったので、藩《はん》の大事を優先《ゆうせん》させてもらった」

「長州との交渉《こうしょう》のほうが大事だと思うけどな。先方はかなりお怒《いか》りだ」

一方的に言われて、西郷《さいごう》も愉快《ゆかい》ではないが、約束を破《やぶ》ったのはこちらだ。

「桂殿《かつらどの》には、西郷が謝《あやま》っていたと伝えてほしい」

「言葉だけじゃ足りない。気持ちはかたちでしめしたほうがいいな」

西郷が眉《まゆ》をひそめると、龍馬《りょうま》は笑顔で提案《ていあん》した。

「長州は今、外国の武器《ぶき》を欲《ほ》しがっている。そこで……」

朝廷《ちょうてい》の敵《てき》となった長州藩は、幕府《ばくふ》の手回しによって、外国から銃《じゅう》や大砲《たいほう》を輸入《ゆにゅう》できなくなっている。だが、幕府との戦にそなえて、最新の武器を手に入れておきたい。そこで、薩摩《さつま》藩が買ったことにして、武器を長州にまわしてもらえないだろうか。代金はもちろん長州が払《はら》う。薩摩は名前を貸《か》すだけだ。

「長崎《ながさき》のグラバーさんとはもう話がついている。数千挺《ちょう》の銃なら、いつでも引き渡《わた》せるらしい。長州が幕府に負けたら、薩摩も困《こま》る。悪くない話だと思う。どうだい？」

「そして、亀山社中《かめやましゃちゅう》があいだに入って手間賃《てまちん》をとるのか」

「そんなところだな」

龍馬《りょうま》は悪びれずに笑った。

「頼《たの》もしいかぎりだ」

ところで、と西郷《さいごう》はたずねた。長州は熱狂的《ねっきょうてき》な攘夷派《じょういは》だったはずだ。条約《じょうやく》を破《やぶ》ってでも、攘夷をおこなえと主張《しゅちょう》しており、その点が、薩摩《さつま》には受け入れられなかった。外国との貿《ぼう》易《えき》を認《みと》めるようになったのだろうか。

「心配ご無用。今さら攘夷を唱える者はいない」

長州は何度か下関から外国船に砲撃《ほうげき》をかけており、この前年、逆襲《ぎゃくしゅう》を受けて完敗していた。外国の軍事力は身にしみてわかっている。その経験《けいけん》が、外国に学んだ軍の近代化につながっていた。

「武器《ぶき》の購入《こうにゅう》の件《けん》は承知《しょうち》した。桂殿《かつらどの》によろしく伝えてくれ」

結局、龍馬の仲介《ちゅうかい》が実って、長州は薩摩の名前で武器をそろえることができた。お返しに、薩摩の兵が上京する際《さい》、下関で補給《ほきゅう》ができるよう定められた。薩摩と長州は、同盟《どうめい》に向けて、少しずつ接近《せっきん》していた。

## 2

慶応《けいおう》元年（西暦《せいれき》一八六五年）のあいだ、幕府《ばくふ》は二回目の長州征伐《せいばつ》を計画して、将軍《しょうぐん》が上京しながら、それを実行に移《うつ》すことができなかった。外国との関係でも、様々な問題が生じていたが、幕府にはすでに解決《かいけつ》する能力《のうりょく》がないようである。

そして、年が明けて慶応二年（西暦一八六六年）一月、西郷《さいごう》は桂小五郎《かつらこごろう》と京で会うことになった。場所は小松帯刀《たてわき》の屋敷《やしき》で、大久保《おおくぼ》も同席する。薩摩藩《さつまはん》を支《ささ》える有力者がそろうわけだ。その席で、同盟《どうめい》に向けた話し合いがおこなわれる予定だった。

西郷は村田新八をともなって、伏見《ふしみ》まで桂を迎《むか》えに行った。

「桂ってやつは強いみたいですね。一度、手合わせ願いたいな」

村田が刀を振《ふ》るまねをした。

「何かのまちがいで、襲《おそ》ってくればいいのに」

ぶっそうなことを言って、笑っている。実際《じっさい》、この段階《だんかい》になっても、無事に盟約《めいやく》が結ばれるという確信《かくしん》はなかった。西郷《さいごう》としても、相手の出方しだいで、どちらにも転ぶ話だと考えている。

外から見れば、両者は同盟を結ぶべきなのだ。しかし、矛《ほこ》をまじえてきた過去《かこ》がある。親兄弟を殺された者もいる。かつての敵《てき》を簡単《かんたん》に味方だとは思えないのが人情《にんじょう》だ。裏切《うらぎ》りが当たり前だった戦国の世であれば、逆《ぎゃく》に割《わ》り切りやすかったかもしれない。だが、平和な時代が長くつづいて、人の心も変わっている。人の心を無視《むし》して、利害だけで同盟を結んでも、成功はしないだろう。

伏見《ふしみ》には、淀川《よどがわ》をさかのぼってくる舟《ふね》が着く。舟から降《お》りたった五、六人の一行が、近づいてきた。

西郷は、護衛《ごえい》をしようと前に立つ村田を、そっと押《お》しのけた。人の後ろに隠《かく》れていては、失礼になろう。

「長州の桂殿《かつらどの》ですか」

「いかにも。西郷殿ですね。お目にかかりたいと思っていました」

先頭を歩く細身の男が答えた。背《せ》たけも横はばもある西郷《さいごう》と比《くら》べると、いかにもきゃしゃで、修羅場《しゅらば》をくぐってきた凄味《すごみ》は感じられない。しかし、西郷はもちろん、外見で判《はん》断《だん》することはなかった。剣《けん》の腕《うで》が立つことは知っているし、長州という雄藩《ゆうはん》の頂点《ちょうてん》に立つ以上、油断《ゆだん》のならない相手である。

「出迎《でむか》えに感謝《かんしゃ》します」

西郷があらわれたことで、桂《かつら》は気をよくしたようであった。薩摩《さつま》藩は、桂たちを泊《と》める部屋も、出す料理も、最高のものを用意している。西郷の出迎えも、礼をつくしたもてなしのひとつである。このときは、交渉《こうしょう》はうまくいくかに思われた。

ところが、翌日《よくじつ》からはじまった話し合いは、一向に進まなかった。天気や料理の話はするが、双方《そうほう》ともに、本題に入ろうとしない。やがて、西郷も桂も押《お》しだまり、無言のまま時が過《す》ぎるだけになった。

両者とも相手に切り出してほしいのである。自分から同盟《どうめい》してくれ、と言うことはなかなかできない。意地になったわけではないが、いったん沈黙《ちんもく》すると、互《たが》いに意識《いしき》して、先に言ったほうが負けになってしまう。

にらみ合いは何日もつづいた。

「いつまでも、薩摩藩《さつまはん》にご馳走《ちそう》になっているわけにはいきませんね。実のある話がしたいものです」

桂《かつら》がだれにともなくつぶやく。西郷《さいごう》がすまして応《おう》じる。

「いや、いつまでもゆっくりしていただいてかまいませぬ」

そうこうしているあいだに、十日以上がたった。

西郷も、そろそろまずいな、と思いはじめたときである。西郷らが薩摩藩邸《はんてい》で今後の相談をしているところに、髪《かみ》を振《ふ》り乱《みだ》した男が駆《か》けこんできた。正確《せいかく》には、駆けこもうとして門番に止められているところに、西郷が顔を出した。

「西郷さん、いったいどういうことだ」

「龍馬《りょうま》ではないか。遅《おそ》かったな」

「遅かったな、ではない。もう盟約《めいやく》が成立しているころだと思ったら、まだ何も話していないというじゃないか。桂さんは帰り支度《じたく》をはじめていたぞ」

龍馬は顔を真っ赤にしている。すまない、と西郷は謝《あやま》った。龍馬を屋敷《やしき》の中に入れて、門を閉《と》じてから説明する。

「……とはいえ、こちらは招《まね》いた側として、礼をつくしている。あとは向こうが切り出すのを待つだけなのだ」

「あのなあ、西郷《さいごう》さん」

龍馬《りょうま》はあきれたようだった。

「あんた、薩摩藩《さつまはん》を背負《せお》う立場だからって、肩肘張《かたひじは》りすぎていないか。ひとりの人として考えてみてくれ。長州は今、強大な幕府《ばくふ》を相手に、単独《たんどく》で戦おうとしている。最大の逆境《ぎゃっきょう》にあるなか、自分から頭を下げて頼《たの》めるか？　それでは、同情《どうじょう》してもらって、慈悲《じひ》にすがることになる。意地がある男ほど、そんなことはできない。じゃあ、どうすればいい？」

西郷には、むろん答えがわかっている。あとは実行するかどうかだ。

たとえば大久保《おおくぼ》なら、弱い立場の者が申しこむべきだと筋《すじ》を重視《じゅうし》して、薩摩藩の立場を守っただろう。桂《かつら》が嫌《いや》がるならと、別の相手を立てて交渉《こうしょう》するなどの策《さく》を考えたかもしれない。しかし、西郷はちがう。相手の気持ちを思いやって考えることができた。それは政《せい》治《じ》をおこなう者にとって、長所であり、短所でもある。

「……わかった。私《わたし》から言おう」

「よし」

うなずいて、龍馬《りょうま》はきびすを返した。

「おい、どこへ行く」

「桂《かつら》さんを引き止める。まったく、世話の焼ける人たちだ」

龍馬は火の出るような勢《いきお》いで駆《か》け出した。

桂をはじめとする長州藩《はん》の面々は、ちょうど出発するところであった。笠《かさ》をかぶり、ぞうりをはいて、今にも歩き出そうとしている。

「桂さん、ちょっと待ってくれ」

龍馬が荒《あら》い息の下で呼《よ》びかけると、桂は顔をあげた。

「坂本君か、見送りに来てくれたのか？」

「いや、ちがう。まもなく西郷《さいごう》さんが来るから、待っていてほしい」

「その話はもう終わりだよ」

桂《かつら》はすっきりとした表情《ひょうじょう》である。

「僕《ぼく》たちは僕たちだけで戦う。ここで薩摩《さつま》に頭を下げるのは、幕府《ばくふ》にしたがうのも同じだ。それができないから、命をかけて戦うんだ。君が言うように、西郷殿《さいごうどの》が立派《りっぱ》な人物であることはわかった。僕たちが倒《たお》れたら、彼《かれ》らがきっと骨《ほね》をひろってくれる。あとにつづいてくれる者がいれば、思う存分《ぞんぶん》、戦える」

「決意は立派だ。でも、桂さんは長生きするつもりなんだろう」

「それは僕ひとりの考えだ。藩《はん》の政治《せいじ》をあずかる身としては、勝手はできない」

「まったく、似《に》たもの同士だな」

龍馬《りょうま》はため息をつくと、気配を感じて振《ふ》り返った。

西郷が到着《とうちゃく》したのだ。

周囲の者たちがざわめいて、次の瞬間《しゅんかん》、無言になる。時間が、ふたりだけのものになった。

「桂殿、出発の前に話を聞いていただきたい」

「何でしょう」

両雄《りょうゆう》は目を合わせた。西郷《さいごう》が重々しく口を開く。

「薩摩藩《さつまはん》は、長州藩に同盟《どうめい》を申しこみます」

音を立てて、時代の扉《とびら》がひらかれた。

見守る人々は息をひそめて、ふたりを見比《みくら》べている。西郷は折れて、同盟を申しこむ側にまわった。しかし、それはもちろん敗北を意味しない。むしろ、西郷の器の大きさを印象づけた。

桂《かつら》が笠《かさ》をとって、笑顔を見せる。

「ゆっくりと話しましょうか」

場所が大広間に移《うつ》されて、仕切り直しとなった。再《ふたた》び、両藩の主要な人物が集まって、話し合いがはじまる。

桂が口火を切った。

「最初に言っておきたいのですが、長州人は薩摩をうらんでいます。薩摩はともに朝廷《ちょうてい》を守ろうとする同志《どうし》でありながら、幕府《ばくふ》や会津《あいづ》に味方して、仲間たちを裏切《うらぎ》りました。薩摩人の手にかかって殺された親兄弟のなげきが、長州人の心には深くきざまれています。久《ひさ》光《みつ》公の身勝手なふるまいによっても、どれだけの犠牲《ぎせい》が出たことか」

「未来に向けた話し合いの場です。それくらいにしておいては……」

小松が止めようとしたが、西郷《さいごう》が首を横に振《ふ》った。言わせてやってくれ、と目で伝える。

桂《かつら》はなおも、薩摩《さつま》に対するうらみつらみを述《の》べたてた。西郷は太い腕《うで》を組んで、じっと聞いていた。

桂は最後に言った。

「おそらく、薩摩のみなさんも、同じ思いをお持ちでしょう。ともに戦うのであれば、私《わたし》たちはそれを乗りこえなければなりません。憎《にく》しみのうえに友情《ゆうじょう》を育てることができるのか。私はくりかえし、自分の心に問いかけました。そして今日、ようやく答えを得たのです。……みなさんとなら、ともに戦えます」

それは、西郷に向けられた言葉であった。

「ありがとうございます」

西郷がていねいに礼をすると、桂もまた、頭を下げた。龍馬《りょうま》が大声をあげる。

「よし、決まりだ。しかと見届《みとど》けたぞ」

それから、具体的な内容《ないよう》が話し合われた。二回目の長州征伐《せいばつ》は、幕府《ばくふ》の工作によって、すでに朝廷《ちょうてい》の命令が出てしまっている。したがって、薩摩《さつま》は長州側に立って戦うことはできない。京に兵を出し、側面から支援《しえん》することになった。また、勝っても負けても、朝廷に対し、長州の名誉《めいよ》を回復《かいふく》させるようつとめる。会津藩《あいづはん》など、対立する勢力《せいりょく》とはともに戦うことも定められた。

この時点では、薩長《さっちょう》ともに、幕府を倒《たお》そうとまでは考えていない。長州を孤立《こりつ》させない、という内容の盟約《めいやく》だ。

「百万の味方を得た気分です。必ずや、幕府軍を打ち破《やぶ》ってみせましょう」

「健闘《けんとう》をお祈《いの》り申し上げます。足りないものがあったら、おっしゃってください」

あいさつをかわす西郷《さいごう》と桂《かつら》のあいだに、龍馬《りょうま》が割《わ》りこんだ。

「西洋ではこういうとき、右手をにぎり合うんだ。シェイクハンドという」

言いながら、強引《ごういん》にふたりの手をとって、にぎり合わさせた。西郷と桂は苦笑する。

一月二十一日、薩長同盟が成立した。

# 3

同盟《どうめい》の成立から二日後、大久保《おおくぼ》はいったん鹿児島《かごしま》に帰ったが、西郷《さいごう》はまだ京に残っていた。京にいることが多い西郷は、藩邸《はんてい》とは別に屋敷《やしき》をかまえており、村田新八なども泊《と》まりこんでいる。

そこへ、伏見《ふしみ》の薩摩《さつま》藩邸から、急使がやってきた。深夜のことである。

「坂本殿《どの》が襲《おそ》われてけがをしました。藩邸でかくまっていますが、いかがいたしましょうか」

西郷は飛び起きて命じた。

「けがの程度《ていど》は？　すぐに医師《いし》に診《み》させるのだ。それから、背後《はいご》を調べろ。襲ったのはだれだ」

龍馬《りょうま》は薩摩と長州を結ぶ重要な人物だ。もし、ここで死なれたら、薩長《さっちょう》がともに戦う流れがまた変わりかねない。それ以上に、龍馬《りょうま》は亡《な》くしたくない友である。西郷《さいごう》は不安をおさえられなかった。

朝になって、くわしいことがわかった。襲《おそ》ったのは、浪人《ろうにん》を取りしまろうとした伏見奉《ふしみぶ》行《ぎょう》の手下だという。坂本龍馬と知ってのことかどうかは不明である。龍馬は手を負傷《ふしょう》しただけで命の心配はないが、相手を何人か殺しているという。反撃《はんげき》しただけとはいえ、罪《つみ》に問われるおそれがあった。

「奉行から引き渡《わた》せと言われても、知らぬ顔をせよ」

西郷は命じておいて、自分も伏見に向かった。

「ああ、西郷さん。さわがせてしまったな」

龍馬は両手に布《ぬの》を巻《ま》いていたが、いたって元気そうであった。かたわらに若《わか》い娘《むすめ》がよりそっている。凛《りん》として美しく、いかにも勝ち気そうな瞳《ひとみ》をしていた。これが龍馬の妻《つま》のおりょうである。

「おりょうが気づいて知らせてくれたので、かろうじて逃《に》げ出せたんだ」

「そうか。おかげで私《わたし》は友を失わずにすんだ。ありがとう」

思わぬ感謝《かんしゃ》の言葉に、おりょうは一瞬《いっしゅん》、口ごもってから言い返した。

「この人が死んでしまったら、あとの人生がおもしろくないからね」

西郷《さいごう》はしばらく考えてから告げた。

「ふたりで薩摩《さつま》に来てはどうだ。これから追っ手がかかるかもしれん。京や長崎《ながさき》は幕府《ばくふ》の目があるが、鹿児島《かごしま》なら安心だ。大事業を終えたんだから、少しは休んでもいいだろう」

「ふむ、それもいいか」

こうして、龍馬夫婦《りょうまふうふ》は西郷とともに、薩摩に渡《わた》ることになった。

船のなかで話題になったのは、民の苦境《くきょう》である。

「年貢《ねんぐ》の負担《ふたん》が大きくて、百姓《ひゃくしょう》たちは苦しんでいる。戦がはじまれば、あちこちで一揆《いっき》が起こるかもしれない」

西郷は心配していた。時代が移《うつ》り変わろうとしている今、様々な社会問題が表に出てきている。社会が混乱《こんらん》して、一番苦しむのは弱い立場の民である。彼《かれ》らのためにも、早く安定した体制《たいせい》をつくらねばならない。

「百姓一揆で幕府が倒《たお》れたりしてな」

笑った龍馬《りょうま》を、西郷《さいごう》はたしなめた。

「笑い事ではないぞ。中国では、農民反乱《はんらん》をきっかけに王朝が滅《ほろ》びる例が多い。彼《かれ》らにはそれだけの力がある」

「じゃあ、百姓《ひゃくしょう》たちに立ち上がれと呼《よ》びかけようか」

西郷は首を横に振《ふ》った。

「いや、戦うのはおれたちでなければならない」

「そりゃそうだな。武士《ぶし》は戦うしか能《のう》がない。だけど、戦って勝ったら、戦はなくなる。難儀《なんぎ》なことだなあ」

自分は商人だから関係ないが、と龍馬はつけくわえた。その気楽さが、西郷にはうらやましい。

「ともかく、勝ったあとのことを考えるより、今やるべきことをやろう」

西郷の大きな目は、時代の流れを見きわめようとしている。

一週間の船旅で鹿児島《かごしま》に着くと、龍馬はおりょうを連れて霧島温泉《きりしまおんせん》などでのんびりと過《す》ごした。これが日本初の新婚《しんこん》旅行であるとされている。

温泉《おんせん》好きの西郷《さいごう》も、近くの湯に出かけたが、ゆっくりはしていられなかった。薩摩藩《さつまはん》の軍を長州藩と同様に近代的な軍につくりかえる仕事にとりかかっている。これからは、外国から買った新式の銃《じゅう》を装備《そうび》した部隊が軍の中心となる。兵の数をそろえ、槍《やり》をかまえて戦う時代ではもはやない。

薩摩や長州が輸入《ゆにゅう》していた銃は、ライフル銃の一種である。それまでの銃が丸い弾《たま》をそのまま打ち出すのに対し、ライフル銃はシイの実の形をした弾を回転させて撃《う》ち出す。すると、遠くまでまっすぐ飛ぶのだ。旧式《きゅうしき》に比《くら》べて、命中率《めいちゅうりつ》と射程《しゃてい》が段違《だんちが》いにすぐれており、戦の勝敗を決めるほどの威力《いりょく》をもつ。

六月になって、幕府《ばくふ》の第二次長州征伐《せいばつ》がようやくはじまった。幕府軍は士気が低く、武《ぶ》装《そう》も旧来《きゅうらい》のままである。新式の銃をそなえた長州軍に押《お》され気味であった。

報告《ほうこく》を聞いて、西郷はつぶやいた。

「幕府軍、怖《おそ》るるに足らず、か」

このとき、武力をもって幕府を倒《たお》すこともできるかもしれない、とはじめて西郷は思った。しかし、大規模《だいきぼ》な内戦になれば、どれだけの犠牲《ぎせい》が出るかしれない。

それをあおる者もいる。

西郷《さいごう》は鹿児島《かごしま》にやってきたイギリス公使パークスと会談の機会をもった。薩摩藩《さつまはん》の代表として、イギリス船に乗りこみ、意見をかわし合ったのである。

当時、イギリス、フランス、アメリカ、オランダの四カ国が共同で幕府《ばくふ》と交渉《こうしょう》をもっていた。なかでも、イギリスとフランスが日本を重視《じゅうし》しており、両者は仲が悪い。フランスが幕府に肩入《かたい》れしているため、イギリスは薩長《さっちょう》に接近《せっきん》していた。

「今後の日本は、薩摩と長州を軸《じく》にして動いていくでしょう。薩摩の方々とお話しできるのは、大変光栄なことです」

パークスは愛想《あいそ》よく語った。

「今、長州が幕府と戦っていますが、我々《われわれ》の予測《よそく》では長州が勝利します。これは内緒《ないしょ》の話ですが、その勢《いきお》いに乗って薩摩も戦にくわわれば、幕府を倒《たお》すこともできるのではありませんか」

イギリス側が立てた通訳《つうやく》が、英語を日本語に訳して伝える。西郷はとぼけた。

「さて、どうでしょう。そのようなことまでは考えておりません。幕府の意向がどうあれ、私《わたし》たちは諸《しょ》外国のみなさんと友好的な関係をきずきたいと思っています」

薩摩藩《さつまはん》も通訳《つうやく》を用意していた。薩英《さつえい》戦争のあと、イギリスに外交使節や留学生《りゅうがくせい》を送っており、英語を話せる者をかかえているのだ。

「西郷殿《さいごうどの》は慎重《しんちょう》なお方ですな。わかりました。銃《じゅう》や弾薬《だんやく》など、必要なものがあれば、いつでもおっしゃってください。お安くゆずります。また、いざというときには、軍艦《ぐんかん》も派遣《はけん》できますよ」

「ありがとうございます。でも、私は日本の問題は日本人で解決《かいけつ》したいと考えております」

「それは立派《りっぱ》な心がけです。応援《おうえん》していますよ」

会談が終わって船を降《お》りると、通訳が眉《まゆ》をひそめて言った。

「訳した言葉はていねいでしたが、公使はかなり乱暴《らんぼう》な言葉づかいをしていました。こちらを見下していたようです」

「なるほど。それがわかるのは、おぬしが優秀《ゆうしゅう》だからだな。ありがとう」

通訳をほめておいて、西郷はイギリス船を振《ふ》り返った。七十四門もの大砲《たいほう》をそなえた巨《きょ》大《だい》な軍艦《ぐんかん》だ。薩摩藩《さつまはん》にはもちろん、これほどの船はつくれない。

腹《はら》に黒い考えをもちながら、顔では笑う。そういう外交のやりとりが、西郷《さいごう》は苦手であった。イギリスもフランスも内心では、日本を植民地にしようと狙《ねら》っているのだ。外国の力や知識《ちしき》を利用しつつも、飲みこまれないようにしなければならない。それはある意味、幕府《ばくふ》と戦うよりも難《むずか》しいことだった。

## 4

薩摩藩は幕府の出兵命令を正式に拒否《きょひ》した。幕府の命令を面と向かって拒否するなど、これまでなら考えられない事態《じたい》である。

「本当に大丈夫《だいじょうぶ》なのだな。長州征伐《せいばつ》は朝廷《ちょうてい》の意思でもあろう。朝敵《ちょうてき》にされることはないのか」

久光《ひさみつ》に念を押《お》されて、西郷は答えた。

「心配はいりませぬ。朝廷《ちょうてい》にも薩摩《さつま》の考えを伝えてあります。朝廷が幕府《ばくふ》の味方をすることはないと思われます」

「それならよいがな。まちがいがあったら、責任《せきにん》をとるのだぞ」

どれほど功をあげても、久光《ひさみつ》の西郷《さいごう》を見る目は変わらない。それは西郷も同様で、ふたりの距離《きょり》がちぢまる気配はなかった。

七月も下旬《げじゅん》になって、おどろくべき報《ほう》が届《とど》いた。

将軍《しょうぐん》の家茂《いえもち》が亡《な》くなったという。前年に上京してから江戸《えど》には帰らず、大坂城《じょう》に滞在《たいざい》していたが、近ごろは病に倒《たお》れていたそうだ。まだ数え二十一歳《さい》の若《わか》さであった。

西郷は複雑《ふくざつ》な気持ちで、その情報《じょうほう》を受けとめた。まず、長州征伐《せいばつ》が終わることはまちがいない。勝っているならともかく、戦況《せんきょう》は不利なのだから、これを口実にして軍を引きあげるだろう。

次の将軍には、一橋慶喜《よしのぶ》がつくことになる。満を持しての登場だ。慶喜の将軍就任《しゅうにん》は斉彬《なりあきら》の悲願であり、西郷自身も慶喜を将軍にするために走り回っていた。幕府の改革《かいかく》を進めるためには、それが一番だと考えていたからだ。しかし、幕府と対決するとなると、経験豊富《けいけんほうふ》で交渉力《こうしょうりょく》のある慶喜《よしのぶ》は大きな障害《しょうがい》となる。まずは慶喜がどういう政治《せいじ》をめざすのか、見きわめないといけないだろう。

京には大久保《おおくぼ》がいて、情報《じょうほう》を送ってくれる。慶喜は当初、長州征伐《せいばつ》をつづけるつもりだったらしいが、九州方面軍の士気がとくに低く、長州軍に押《お》されているため、撤退《てったい》を決めたという。朝廷《ちょうてい》に休戦の命令を出してもらって、軍を引いた。

「桂殿《かつらどの》はしてやったりであろうな」

西郷《さいごう》は長州の戦友の顔を思い出していた。これからは何度となく、語り合うことになるだろう。

ただ、このとき、西郷は体調を崩《くず》して床《とこ》についていた。京と鹿児島《かごしま》を往復《おうふく》しながら、けんめいに働いていたので、疲《つか》れが出たのだろう。気ばかりがあせるが、体が言うことを聞かなかった。

今や薩摩藩《さつまはん》の重臣中の重臣となった西郷のもとには、多くの見舞客《みまいきゃく》がおとずれる。役《やく》職《しょく》は大目付《おおめつけ》ならびに陸軍掛《かかり》にあがり、給金も多額《たがく》になった。家老のひとりにも数えられている。だが、西郷は出世や金銭《きんせん》はどうでもよかった。大目付の役職は返上し、給金も減《へ》らしてもらった。その分は、ほかに頑張《がんば》っている者や、困《こま》っている民のために使ってほしいと思っている。

床《とこ》について、天井《てんじょう》をながめながら考えた。

まずめざすべきは、ひとりの意思ではなく、有力者の話し合いで物事が決まる政治体制《せいじたいせい》である。西洋には議会などという話し合いの場があって、議員は選挙で選ばれるという。そこまで進めるのはまだ早い。

やはり、龍馬《りょうま》が言うように、雄藩《ゆうはん》が連合して政治をおこなう体制がよいのではないか。薩摩《さつま》、長州にくわえて、土佐《とさ》、福井、宇和島《うわじま》あたりが候補《こうほ》になってくる。そこに、徳川家《とくがわけ》が入る余地《よち》はあるが、幕府《ばくふ》はもう必要ない。そうした構想《こうそう》を、慶喜《よしのぶ》は認《みと》めるだろうか。最後の将軍《しょうぐん》となる勇気はあるだろうか。

先日生まれた息子《むすこ》が、大きな声で泣いている。この子が大人になったときのために、日本を耕《たがや》しておかねばならない。がれきをとりのぞき、土をかきまぜてならし、種をまく。やがて花が咲《さ》き、実がなる日のために。

「旦那様《だんな》、大久保様《おおくぼ》からの文が届《とど》きましたよ」

イトが息子《むすこ》を抱《だ》いてやってきた。

「ありがとう」

西郷《さいごう》は身を起こした。ようやく、体が軽くなってきた。

将軍《しょうぐん》の死から半年もたたずして、時の孝明天皇《こうめいてんのう》が崩御《ほうぎょ》する。後を継《つ》いだのは、十四歳《さい》の明治天皇である。

風雲は急を告げている。混乱《こんらん》と激動《げきどう》の時代のなか、西郷は大きな目で未来を見つめていた。

下巻《げかん》につづく

## 小前 亮《こまえ・りょう》

1976年、島根県生まれ。東京大学大学院修了。専攻は中央アジア・イスラーム史。2005年に歴史小説『李世民』（講談社）でデビュー。その他の著作に『三国志』『エイレーネーの瞳 シンドバッド23世の冒険』（理論社）、『月に捧ぐは清き酒』（文藝春秋）、『賢帝と逆臣と 康熙帝と三藩の乱』『覇帝フビライ 世界支配の野望』（講談社）、『残業税』『残業税 マルザ殺人事件』（光文社）、『平家物語〈上〉〈下〉』「真田十勇士」シリーズ（小峰書店）などがある。

西郷隆盛〈上〉
維新への道

2017年10月30日　第1刷発行

作者　小前 亮
発行者　小峰紀雄
発行所　株式会社 小峰書店
〒162-0066 東京都新宿区市谷台町4-15
電話 03-3357-3521
FAX 03-3357-1027
http://www.komineshoten.co.jp/
印刷　株式会社 三秀舎
製本　小高製本工業株式会社

NDC 913 20cm 225P ISBN978-4-338-31401-5